・魯迅經典集・

故事新編

魯迅　著

方志野　主編

前言

《故事新編》是魯迅的一部短篇小說集。小說集收錄了魯迅在一九二二～一九三五年間根據古代神話、傳說、傳奇所改寫的短篇小說八篇，包括：

《補天》，曾題名《不周山》，收錄在《吶喊》初版，後改名《補天》並抽出。文章講述女媧造人及補天的故事，借用「女媧造人」這一神話解釋創作——人和文學——的緣起，也用「古衣冠的小丈夫」這一形象諷刺了當時油滑的風氣。

《奔月》，講述后羿與嫦娥的故事。

《理水》，講述大禹治水的故事。

《採薇》，講述伯夷、叔齊不食周黍的故事。

《鑄劍》，曾題名《眉間尺》，取材自《搜神記》中三王墓的故事。

《出關》，講述老子西出函谷關的故事。

《非攻》，講述戰國初期墨子止楚攻宋的故事。

《起死》，講述莊子復活一具逝世已久的骷髏的故事。

《故事新編》對神話、傳說及歷史「只取一點因由，隨意點染」，「將古代和現代錯綜交融」、古為今用，針砭流俗，諷刺世事，批判社會。《故事新編》藝術特色鮮明——漫畫化的勾勒和速寫；誇張手段的巧妙運用；以極省儉的筆墨塑造人物。

自序

這本很小的集子，從開手寫起到編成，經過的日子卻可以算得很長久了：足足有十三年。

第一篇《補天》——原先題作《不周山》——還是一九二二年的冬天寫成的。那時的意見，想從古代和現代都採取題材，動手試作的第一篇。首先，是很認真的，雖然也不過取了茀羅特說，來解釋創造——人和文學的——緣起。不記得怎麼一來，中途停了筆，去看日報了，不幸正看見了誰——現在忘記了名字——的對於汪靜之君的《蕙的風》的批評，他說要含淚哀求，請青年不要再寫這樣的文字。這可憐的陰險使我感到滑稽，當再寫小說時，就無論如何，止不

住有一個古衣冠的小丈夫，在女媧的兩腿之間出現了。這就是從認真陷入了油滑的開端。油滑是創作的大敵，我對於自己很不滿。

我決計不再寫這樣的小說，當編印《吶喊》時，便將它付在卷末，算是一個開始，也就是一個收場。

這時我們的批評家成仿吳先生正在創造設門口的「靈魂的冒險」的旗子底下掄板斧。他以「庸俗」的罪名，幾斧砍殺了《吶喊》，只推《不周山》為佳作，——自然也仍有不好的地方。坦白的說罷，這就是使我不但不能心服，而且還輕視了這位勇士的原因。我是不薄「庸俗」，也自甘「庸俗」的；對於歷史小說，則以為博考文獻，言必有據者，縱使有人認為「教授小說」，其實是很難組織之作，至於只取一點因由，隨意點染，鋪成一篇，倒無需怎樣的手腕；況且「如於飲水，冷暖自知」，用庸俗的話來說，就是「自家有

病自家知」罷：《不周山》的後半是很草率的，絕不能稱為佳作。倘使讀者相信了這冒險家的話，一定自誤，而我也成了誤人，於是當《吶喊》印行第二版時，即將這一篇刪除，向這位「魂靈」回敬當頭一棒——我的集子裡，只剩著「庸俗」在跋扈了。

直到一九二六年的秋天，一個人住在廈門的石屋裡，對著大海，翻著古書，四近無生人氣，心裡空空洞洞。而北京的未名社，卻不絕的來信，催促雜誌的文章。這時我不願意想到目前；於是回憶在心裡出土了，寫了十篇《朝花夕拾》；並且仍舊拾取古代的傳說之類，預備足成《故事新編》。但剛寫了《奔月》和《鑄劍》——發表的那時題為《眉間尺》，——我便奔向廣州，這事就又完全擱起了。後來雖然偶爾得到一點題材，做一段速寫，卻一向不加整理。

現在才總算編成了一本書。其中也還是速寫居多，不足稱為「文學概論」之所謂小說。敘事有時也有一點舊書上的根據，有時卻不過信口開河。而且因為自己的對於古人，不及對於今人的誠敬，所以仍不免時有油滑之處。過了十三年，依然並無長進，看起來真也是「無非《不周山》之流」；不過並沒有將古人寫得更死，卻也許暫時還有存在的餘地的罷。

一九三五年十二月二十六日魯迅

目錄

補天

一

女媧忽然醒來了。

伊似乎是從夢中驚醒的，然而已經記不清做了什麼夢；只是很懊惱，覺得有什麼不足，又覺得有什麼太多了。煽動的和風，暖暾的將伊的氣力吹得彌漫在宇宙裏。

伊揉一揉自己的眼睛。粉紅的天空中，曲曲折折的漂著許多條石綠色的浮雲，星便在那後面忽明忽滅的𥇦眼。天邊

的血紅的雲彩裏有一個光芒四射的太陽，如流動的金球包在荒古的熔岩中；那一邊，卻是一個生鐵一般的冷而且白的月亮。然而伊並不理會誰是下去，和誰是上來。

地上都嫩綠了，便是不很換葉的松柏也顯得格外的嬌嫩。

桃紅和青白色的斗大的雜花，在眼前還分明，到遠處可就成為斑斕的煙靄了。

「唉唉，我從來沒有這樣的無聊過！」伊想著，猛然間站立起來了，擎上那非常圓滿而精力洋溢的臂膊，向天打一個欠伸，天空便突然失了色，化為神異的肉紅，暫時再也辨不出伊所在的處所。

伊在這肉紅色的天地間走到海邊，全身的曲線都消融在淡玫瑰似的光海裏，直到身中央才濃成一段純白。波濤都驚異，起伏得很有秩序了，然而浪花濺在伊身上。這純白的影

子在海水裏動搖，彷彿全體都正在四面八方的迸散。但伊自己並沒有見，只是不由的跪下一足，伸手掬起帶水的軟泥來，同時又揉捏幾回，便有一個和自己差不多的小東西在兩手裏。

「阿，阿！」伊固然以為是自己做的，但也疑心這東西就白薯似的原在泥土裏，禁不住很詫異了。然而這詫異使伊喜歡，以未曾有的勇往和愉快繼續著伊的事業，呼吸吹噓著，汗混和著……

「Nga！Nga！」那些小東西可是叫起來了。

「阿，阿！」伊又吃了驚，覺得全身的毛孔中無不有什麼東西飛散，於是地上便罩滿了乳白色的煙雲，伊才定了神，那些小東西也住了口。

「Akon，Agon！」有些東西向伊說。

「阿阿，可愛的寶貝。」伊看定他們，伸出帶著泥土的

手指去撥他肥白的臉。

「Uvu，Ahaha！」他們笑了。這是伊第一回在天地間看見的笑，於是自己也第一回笑得合不上嘴唇來。

伊一面撫弄他們，一面還是做，被做的都在伊的身邊打圈，但他們漸漸的走得遠，說得多了，伊也漸漸的懂不得，只覺得耳朵邊滿是嘈雜的嚷，嚷得頗有些頭昏。

伊在長久的歡喜中，早已帶著疲乏了。幾乎吹完了呼吸，流完了汗，而況又頭昏，兩眼便朦朧起來，兩頰也漸漸的發了熱，自己覺得無所謂了，而且不耐煩。然而伊還是照舊的不歇手，不自覺的只是做。

終於，腰腿的酸痛逼得伊站立起來，倚在一座較為光滑的高山上，仰面一看，滿天是魚鱗樣的白雲，下面則是黑壓壓的濃綠。伊自己也不知道怎樣，總覺得左右不如意了，便焦躁的伸出手去，信手一拉，拔起一株從山上長到天邊的紫藤，一房一房的剛開著大不可言的紫花，伊一揮，那藤便橫搭在地面上，遍地散滿了半紫半白的花瓣。

伊接著一擺手，紫藤便在泥和水裏一翻身，同時也濺出拌著水的泥土來，待到落在地上，就成了許多伊先前做過了一般的小東西，只是大半呆頭呆腦，獐頭鼠目的有些討厭。然而伊不暇理會這等事了，單是有趣而且煩躁，夾著惡作劇的將手只是掄，愈掄愈飛速了，那藤便拖泥帶水的在地上滾，像一條給沸水燙傷了的赤練蛇。泥點也就暴雨似的從藤身上飛濺開來，還在空中便成了哇哇地啼哭的小東西，爬來爬去的撒得滿地。

伊近於失神了，更其掄，但是不獨腰腿痛，連兩條臂膊也都乏了力，伊於是不由的蹲下身子去，將頭靠著高山，頭髮漆黑的搭在山頂上，喘息一回之後，歎一口氣，兩眼就合上了。紫藤從伊的手裏落了下來，也困頓不堪似的懶洋洋的躺在地面上。

二

轟！！！

在這天崩地塌价的聲音中，女媧猛然醒來，同時也就向東南方直溜下去了。伊伸了腳想踏住，然而什麼也踹不到，連忙一舒臂揪住了山峰，這才沒有再向下滑的形勢。

但伊又覺得水和沙石都從背後向伊頭上和身邊滾潑過去了，略一回頭，便灌了一口和兩耳朵的水，伊趕緊低了頭，又只見地面不住的動搖。幸而這動搖也似乎平靜下去了，伊向後一移，坐穩了身子，這才挪出手來拭去額角上和眼睛邊的水，細看是怎樣的情形。

情形很不清楚，遍地是瀑布般的流水；大概是海裏罷，

有幾處更站起很尖的波浪來。伊只得呆呆的等著。

可是終於大平靜了，大波不過高如從前的山，像是陸地的處所便露出棱棱的石骨。伊正向海上看，只見幾座山奔流過來，一面又在波浪堆裏打鏇子。伊恐怕那些山碰了自己的腳，便伸手將他們撮住，望那山坳裏，還伏著許多未曾見過的東西。

伊將手一縮，拉近山來仔細的看，只見那些東西旁邊的地上吐得很狼藉，似乎是金玉的粉末，又夾雜些嚼碎的松柏葉和魚肉。他們也慢慢的陸續抬起頭來了，女媧圓睜了眼睛，好容易才省悟到這便是自己先前所做的小東西，只是怪模怪樣的已經都用什麼包了身子，有幾個還在臉的下半截長著雪白的毛毛了，雖然被海水粘得像一片尖尖的白楊葉。

「阿，阿！」伊詫異而且害怕的叫，皮膚上都起慄，就像觸著一支毛刺蟲。

「上真救命……」一個臉的下半截長著白毛的昂了頭，一面嘔吐，一面斷斷續續的說，「救命……臣等……是學仙的。誰料壞劫到來，天地分崩了。……現在幸而……遇到上真，……請救蟻命，……並賜仙……仙藥……」他於是將頭一起一落的做出異樣的舉動。

伊都茫然，只得又說，「什麼？」

他們中的許多也都開口了，一樣的是一面嘔吐，一面「上真上真」的只是嚷，接著又都做出異樣的舉動。伊被他們鬧得心煩，頗後悔這一拉，竟至於惹了莫名其妙的禍。伊無法可想的向四處看，便看見有一隊巨鼇正在海面上遊玩，伊不由的喜出望外了，立刻將那些山都擱在他們的脊樑上，囑咐道，「給我駝到平穩點的地方去罷！」巨鼇們似乎點一點頭，成群結隊的駝遠了。可是先前拉得過於猛，以致從山上摔下一個臉有白毛的來，此時趕不上，又不會鳧水，便伏

在海邊自己打嘴巴。這倒使女媧覺得可憐了，然而也不管，因為伊實在也沒有工夫來管這些事。

伊噓一口氣，心地較為輕鬆了，再轉過眼光來看自己的身邊，流水已經退得不少，處處也露出廣闊的土石，石縫裏又嵌著許多東西，有的是直挺挺的了，有的卻還在動。伊瞥見有一個正在白著眼睛呆看伊；那是遍身多用鐵片包起來的，臉上的神情似乎很失望而且害怕。

「那是怎麼一回事呢？」伊順便的問。

「嗚呼，天降喪。」那一個便淒涼可憐的說，「顓頊不道，抗我後，我後躬行天討，戰於郊，天不祐德，我師反走，……」

「什麼？」伊向來沒有聽過這類話，非常詫異了。

「我師反走，我後爰以厥首觸不周之山，折天柱，絕地維，我後亦殂落。嗚呼，是實惟……」

「夠了夠了，我不懂你的意思。」伊轉過臉去了，卻又看見一個高興而且驕傲的臉，也多用鐵片包了全身的。

「那是怎麼一回事呢？」伊到此時才知道這些小東西竟會變這麼花樣不同的臉，所以也想問出別樣的可懂的答話來。

「人心不古，康回實有豕心，覷天位，我後躬行天討，戰於郊，天實祐德，我師攻戰無敵，殛康回於不周之山。」

「什麼？」伊大約仍然沒有懂。

「人心不古，……」

「夠了夠了，又是這一套！」伊氣得從兩頰立刻紅到耳根，火速背轉頭，另外去尋覓，好容易才看見一個不包鐵片的東西，身子精光，帶著傷痕還在流血，只是腰間卻也圍著一塊破布片。他正從別一個直挺挺的東西的腰間解下那破布來，慌忙繫上自己的腰，但神色倒也很平淡。

伊料想他和包鐵片的那些是別一種，應該可以探出一些頭緒了，便問道：「那是怎麼一回事呢？」

「那是怎麼一回事呵。」他略一抬頭，說。

「那剛才鬧出來的是？……」

「那剛才鬧出來的麼？」

「是打仗罷？」伊沒有法，只好自己來猜測了。

「打仗罷？」然而他也問。

女媧倒抽了一口冷氣，同時也仰了臉去看天。天上一條大裂紋，非常深，也非常闊。伊站起來，用指甲去一彈，一點不清脆，竟和破碗的聲音相差無幾了。伊皺著眉心，向四面察看一番，又想了一會，便擰去頭髮裏的水，分開了搭在左右肩膀上，打起精神來向各處拔蘆柴：伊已經打定了「修補起來再說」的主意了。

伊從此日日夜夜堆蘆柴，柴堆高多少，伊也就瘦多少，因為情形不比先前，——仰面是歪斜開裂的天，低頭是齷齪破爛的地，毫沒有一些可以賞心悅目的東西了。

蘆柴堆到裂口，伊才去尋青石頭。當初本想用和天一色的純青石的，然而地上沒有這麼多，大山又捨不得用，有時到熱鬧處所去尋些零碎，看見的又冷笑，痛罵，或者搶回去，甚而至於還咬伊的手。

伊於是只好攙些白石，再不夠，便湊上些紅黃的和灰黑的，後來總算將就的填滿了裂口，止要一點火，一熔化，事情便完成，然而伊也累得眼花耳響，支援不住了。

「唉唉，我從來沒有這樣的無聊過。」伊坐在一座山頂上，兩手捧著頭，上氣不接下氣的說。

這時昆侖山上的古森林的大火還沒有熄，西邊的天際都通紅。伊向西一瞟，決計從那裏拿過一株帶火的大樹來點蘆柴積，正要伸手，又覺得腳趾上有什麼東西刺著了。

伊順下眼去看，照例是先前所做的小東西，然而更異樣了，累累墜墜的用什麼布似的東西掛了一身，腰間又格外掛上十幾條布，頭上也罩著些不知什麼，頂上是一塊烏黑的小小的長方板，手裏拿著一片物件，刺伊腳趾的便是這東西。

那頂著長方板的卻偏站在女媧的兩腿之間向上看，見伊一順眼，便倉皇的將那小片遞上來了。伊接過來看時，是一條很光滑的青竹片，上面還有兩行黑色的細點，比槲樹葉上的黑斑小得多。伊倒也很佩服這手段的細巧。

「這是什麼？」伊還不免於好奇，又忍不住要問了。

頂長方板的便指著竹片，背誦如流的說道，「裸裎淫佚，失德蔑禮敗度，禽獸行。國有常刑，惟禁！」

女媧對那小方板瞪了一眼，倒暗笑自己問得太悖了，伊本已知道和這類東西扳談，照例是說不通的，於是不再開口，隨手將竹片擱在那頭頂上面的方板上，回手便從火樹林裏抽出一株燒著的大樹來，要向蘆柴堆上去點火。

忽而聽到嗚嗚咽咽的聲音了，可也是聞所未聞的玩藝，伊姑且向下再一瞟，卻見方板底下的小眼睛裏含著兩粒比芥子還小的眼淚。因為這和伊先前聽慣的「nga nga」的哭聲大不同了，所以竟不知道這也是一種哭。

伊就去點上火，而且不止一地方。

火勢並不旺，那蘆柴是沒有乾透的，但居然也烘烘的響，很久很久，終於伸出無數火焰的舌頭來，一伸一縮的向上舔，又很久，便合成火焰的重台花，又成了火焰的柱，赫赫的壓倒了昆侖山上的紅光。大風忽地起來，火柱旋轉著發吼，青的和雜色的石塊都一色通紅了，飴糖似的流布在裂縫中間，像一條不滅的閃電。

風和火勢捲得伊的頭髮都四散而且旋轉，汗水如瀑布一般奔流，大光焰烘托了伊的身軀，使宇宙間現出最後的肉紅

色。火柱逐漸上升了，只留下一堆蘆柴灰。伊待到天上一色青碧的時候，才伸手去一摸，指面上卻覺得還很有些參差。

「養回了力氣，再來罷。……」伊自己想。

伊於是彎腰去捧蘆灰了，一捧一捧的填在地上的大水裏，蘆灰還未冷透，蒸得水澌澌的沸湧，灰水潑滿了伊的周身。大風又不肯停，夾著灰撲來，使伊成了灰土的顏色。

「吁！……」伊吐出最後的呼吸來。

天邊的血紅的雲彩裏有一個光芒四射的太陽，如流動的金球包在荒古的熔岩中；那一邊，卻是一個生鐵一般的冷而且白的月亮。但不知道誰是下去和誰是上來。這時候，伊的以自己用盡了自己一切的軀殼，便在這中間躺倒，而且不再呼吸了。

上下四方是死滅以上的寂靜。

三

有一日，天氣很寒冷，卻聽到一點喧囂，那是禁軍終於殺到了，因為他們等候著望不見火光和煙塵的時候，所以到得遲。他們左邊一柄黃斧頭，右邊一柄黑斧頭，後面一柄極大極古的大纛，躲躲閃閃的攻到女媧死屍的旁邊，卻並不見有什麼動靜。他們就在死屍的肚皮上紮了寨，因為這一處最膏腴，他們檢選這些事是很伶俐的。然而他們卻突然變了口風，說惟有他們是女媧的嫡派，同時也就改換了大纛旗上的蝌蚪字，寫道「女媧氏之腸」。

落在海岸上的老道士也傳了無數代了。他臨死的時候，才將仙山被巨鼇背到海上這一件要聞傳授徒弟，徒弟又傳給徒孫，後來一個方士想討好，竟去奏聞了秦始皇，秦始皇便教方士去尋去。

方士尋不到仙山，秦始皇終於死掉了；漢武帝又教尋，也一樣的沒有影。

大約巨鼇們是並沒有懂得女媧的話的，那時不過偶而湊巧的點了點頭。模模糊糊的背了一程之後，大家便走散去睡覺，仙山也就跟著沉下了，所以直到現在，總沒有人看見半座神仙山，至多也不外乎發見了若干野蠻島。

一九二二年十一月作

名家．解讀

女媧的形象是通過摶土做人和煉石補天的兩起創造性勞動來描繪的。小說一開始，就在廣闊的宇宙間展現出了濃豔「全體都在四面八方的迸散」的畫卷……

女媧就是在這樣的背景下開始創造了人類的。由於女媧那些軟泥揉捏的小東西都從她的身上得到了生命，都是這位巨人的後裔。她第一回在天地間看見笑，「於是自己也第一次笑得合不上嘴唇來」。長久地浸沉在創造性勞動所帶來的喜悅中……

作者著力描寫的是這種創造性勞動的艱辛和女媧的獻身精神。這位人類之母以渾厚淳樸的心地，堅毅頑強的自我犧牲精神，創造了人類賴以生存的環境；她的勞動是艱辛的，但也給創造者自己帶來了歡樂、勇氣和滿足。作者歌頌了女媧，實際上也就是歌頌了古代人民創造了人類和世界的偉大業績。

魯迅並不是一味緬懷往古的人，他並沒有忘記現實世界中還存在著形形色色的有負於先民創造的猥瑣醜惡的破壞者。在女媧正要點火補天的時候，出現了含著眼淚的小丈

夫；而在她死後，顓頊的禁軍竟然在她死屍的肚皮上紮了寨，並且自稱是「女媧的嫡派」，旗子上也寫了「女媧氏之腸」。魯迅曾經尖銳的指出過「一方面是莊嚴的工作，另一方面卻是荒淫與無恥」的社會現實，在《補天》中這種對比尤其強烈：一方面是偉大的創造，另一方面卻是卑瑣的破壞；這不僅更其顯示了創造精神的崇高，而且也使作品的思想意義大大的深化了。正因為如此，始終面向現實的魯迅才一直沿用了由《補天》開始的「油滑」的穿插，使之成為《故事新編》的重要的思想與藝術的特色。

——王瑤《魯迅〈故事新編〉散論》

奔月

一

聰明的牲口確乎知道人意，剛剛望見宅門，那馬便立刻放緩腳步了，並且和它背上的主人同時垂了頭，一步一頓，像搗米一樣。

暮靄籠罩了大宅，鄰屋上都騰起濃黑的炊煙，已經是晚飯時候。家將們聽得馬蹄聲，早已迎了出來，都在宅門外垂著手直挺挺地站著。羿在垃圾堆邊懶懶地下了馬，家將們便

接過轡繩和鞭子去。他剛要跨進大門，低頭看看掛在腰間的滿壺的箭和網裏的三匹烏老鴉和一匹射碎了的小麻雀，心裏就非常躊躇。但到底硬著頭皮，大踏步走進去了；箭在壺裏豁朗豁朗地響著。

剛到內院，他便見嫦娥在圓窗裏探了一探頭。他知道她眼睛快，一定早瞧見那幾匹烏鴉的了，不覺一嚇，腳步登時也一停，——但只得往裏走。使女們都迎出來，給他卸了弓箭，解下網兜。他彷彿覺得她們都在苦笑。

「太太……。」他擦過手臉，走進內房去，一面叫。

嫦娥正在看著圓窗外的暮天，慢慢回過頭來，似理不理的向他看了一眼，沒有答應。這種情形，羿倒久已習慣的了，至少已有一年多。他仍舊走近去，坐在對面的鋪著脫毛的舊豹皮的木榻上，搔著頭皮，支支吾吾地說——

「今天的運氣仍舊不見佳，還是只有烏鴉……。」

「哼！」嫦娥將柳眉一揚，忽然站起來，風似的往外走，嘴裏咕嚕著，「又是烏鴉的炸醬麵，又是烏鴉的炸醬麵！你去問問去，誰家是一年到頭只吃烏鴉肉的炸醬麵的？我真不知道是走了什麼運，竟嫁到這裏來，整年的就吃烏鴉的炸醬麵！」

「太太，」羿趕緊也站起，跟在後面，低聲說，「不過今天倒還好，另外還射了一匹麻雀，可以給你做菜的。女辛！」他大聲地叫使女，「你把那一匹麻雀拿過來請太太看！」

野味已經拿到廚房裏去了，女辛便跑去挑出來，兩手捧著，送在嫦娥的眼前。

「哼！」她瞥了一眼，慢慢地伸手一捏，不高興地說，「一團糟！不是全都粉碎了麼？肉在那裏？」

「是的，」羿很惶恐，「射碎的。我的弓太強，箭頭太

大了。」

「你不能用小一點的箭頭的麼？」

「我沒有小的。自從我射封豕長蛇……。」

「這是封豕長蛇麼？」她說著，一面回轉頭去對著女辛道，「放一碗湯罷！」便又退回房裏去了。

只有羿呆呆地留在堂屋裏，靠壁坐下，聽著廚房裏柴草爆炸的聲音。他回憶當年的封豕是多麼大，遠遠望去就像一坐小土崗，如果那時不去射殺它，留到現在，足可以吃半年，又何用天天愁飯菜。還有長蛇，也可以做羹喝……。

女乙來點燈了，對面牆上掛著的彤弓，彤矢，盧弓，盧矢，弩機，長劍，短劍，便都在昏暗的燈光中出現。羿看了一眼，就低了頭，歎一口氣；只見女辛搬進夜飯來，放在中間的案上，左邊是五大碗白麵；右邊兩大碗，一碗湯；中央是一大碗烏鴉肉做的炸醬。

羿吃著炸醬麵，自己覺得確也不好吃；偷眼去看嫦娥，她炸醬是看也不看，只用湯泡了麵，吃了半碗，又放下了。他覺得她臉上彷彿比往常黃瘦些，生怕她生了病。

到二更時，她似乎和氣一些了，默坐在床沿上喝水。羿就坐在旁邊的木榻上，手摩著脫毛的舊豹皮。

「唉，」他和藹地說，「這西山的文豹，還是我們結婚以前射得的，那時多麼好看，全體黃金光。」他於是回想當年的食物，熊是只吃四個掌，駝留峰，其餘的就都賞給使女和家將們。後來大動物射完了，就吃野豬兔山雞；射法又高強，要多少有多少。「唉，」他不覺歎息，「我的箭法真太巧妙了，竟射得遍地精光。那時誰料到只剩下烏鴉做菜……。」

「哼。」嫦娥微微一笑。

「今天總還要算運氣的，」羿也高興起來，「居然獵到

一隻麻雀。這是遠繞了三十里路才找到的。」

「你不能走得更遠一點的麼?!」

「對。太太。我也這樣想。明天我想起得早些。倘若你醒得早，那就叫醒我。我準備再遠走五十里，看看可有些麞子兔子。……但是，怕也難。當我射封豕長蛇的時候，野獸是那麼多。你還該記得罷，丈母的門前就常有黑熊走過，叫我去射了好幾回……。」

「是麼？」嫦娥似乎不大記得。

「誰料到現在竟至於精光的呢。想起來，真不知道將來怎麼過日子。我呢，倒不要緊，只要將那道士送給我的金丹吃下去，就會飛升。但是我第一先得替你打算，……所以我決計明天再走得遠一點……。」

「哼。」嫦娥已經喝完水，慢慢躺下，合上眼睛了。

殘膏的燈火照著殘妝，粉有些褪了，眼圈顯得微黃，眉毛的黛色也彷彿兩邊不一樣。但嘴唇依然紅得如火；雖然並不笑，頰上也還有淺淺的酒窩。

「唉唉，這樣的人，我就整年地只給她吃烏鴉的炸醬麵……。」羿想著，覺得慚愧，兩頰連耳根都熱起來。

二

過了一夜就是第二天。羿忽然睜開眼睛，只見一道陽光斜射在西壁上，知道時候不早了；看看嫦娥，兀自攤開了四肢沉睡著。他悄悄地披上衣服，爬下豹皮榻，出堂前，一面洗臉，一面叫女庚去吩咐王升備馬。

他因為事情忙，是早就廢止了朝食的；女乙將五個炊餅，五株蔥和一包辣醬都放在網兜裏，並弓箭一齊替他繫在腰間。他將腰帶緊了一緊，輕輕地跨出堂外面，一面告訴那

正從對面進來的女庚道——

「我今天打算到遠地方去尋食物去，回來也許晚一些。看太太醒後，用過早點心，有些高興的時候，你便去稟告，說晚飯請她等一等，對不起得很。記得麼？你說：對不起得很。」

他快步出門，跨上馬，將站班的家將們扔在腦後，不一會便跑出村莊了。前面是天天走熟的高粱田，他毫不注意，早知道什麼也沒有的。加上兩鞭，一徑飛奔前去，一氣就跑了六十里上下，望見前面有一簇很茂盛的樹林，馬也喘氣不迭，渾身流汗，自然慢下去了。大約又走了十多里，這才接近樹林，然而滿眼是胡蜂，粉蝶，螞蟻，蚱蜢，那裏有一點禽獸的蹤跡。他望見這一塊新地方時，本以為至少總可以有一兩匹狐兒兔兒的，現在才知道又是夢想。他只得繞出樹林，看那後面卻又是碧綠的高粱田，遠處散點著幾間小小的

土屋。風和日暖，鴉雀無聲。

「倒楣！」他儘量地大叫了一聲，出出悶氣。

但再前行了十多步，他即刻心花怒放了，遠遠地望見一間土屋外面的平地上，的確停著一匹飛禽，一步一啄，像是很大的鴿子。他慌忙拈弓搭箭，引滿弦，將手一放，那箭便流星般出去了。

這是無須遲疑的，向來有發必中；他只要策馬跟著箭路飛跑前去，便可以拾得獵物。誰知道他將要臨近，卻已有一個老婆子捧著帶箭的大鴿子，大聲嚷著，正對著他的馬頭搶過來。

「你是誰哪？怎麼把我家的頂好的黑母雞射死了？你的手怎的有這麼閑哪？……」

羿的心不覺跳了一跳，趕緊勒住馬。「阿呀！雞麼？我只道是一隻鵓鴣。」他惶恐地說。

「瞎了你的眼睛！看你也有四十多歲了罷。」

「是的。老太太。我去年就有四十五歲了。」

「你真是枉長白大！連母雞也不認識，會當作鵓鴣！你究竟是誰哪？」

「我就是夷羿。」他說著，看看自己所射的箭，是正貫了母雞的心，當然死了，末後的兩個字便說得不大響亮；一面從馬上跨下來。

「夷羿？……誰呢？我不知道。」她看著他的臉，說。

「有些人是一聽就知道的。堯爺的時候，我曾經射死過幾匹野豬，幾條蛇……。」

「哈哈，騙子！那是逢蒙老爺和別人合夥射死的。也許有你在內罷；但你倒說是你自己了，好不識羞！」

「阿阿，老太太。逢蒙那人，不過近幾年時常到我那裏來走走，我並沒有和他合夥，全不相干的。」

「說謊。近來常有人說，我一月就聽到四五回。」

「那也好。我們且談正經事罷。這雞怎麼辦呢？」

「賠。這是我家最好的母雞，天天生蛋。你得賠我兩柄鋤頭，三個紡錘。」

「老太太，你瞧我這模樣，是不耕不織的，那裏來的鋤頭和紡錘。我身邊又沒有錢，只有五個炊餅，倒是白麵做的，就拿來賠了你的雞，還添上五株蔥和一包甜辣醬。你以為怎樣？……」他一隻手去網兜裏掏炊餅，伸出那一隻手去取雞。

老婆子看見白麵的炊餅，倒有些願意了，但是定要十五個。磋商的結果，好容易才定為十個，約好至遲明天正午送到，就用那射雞的箭作抵押。羿這時才放了心，將死雞塞進網兜裏，跨上鞍韉，回馬就走，雖然肚餓，心裏卻很喜歡，他們不喝雞湯實在已經有一年多了。

他繞出樹林時，還是下午，於是趕緊加鞭向家裏走；但是馬力乏了，剛到走慣的高粱田近旁，已是黃昏時候。只見對面遠處有人影子一閃，接著就有一枝箭忽地向他飛來。

羿並不勒住馬，任它跑著，一面卻也拈弓搭箭，只一發，只聽得錚的一聲，箭尖正觸著箭尖，在空中發出幾點火花，兩枝箭便向上擠成一個「人」字，又翻身落在地上了。第一箭剛剛相觸，兩面立刻又來了第二箭，還是錚的一聲，相觸在半空中。那樣地射了九箭，羿的箭都用盡了；但他這時已經看清逢蒙得意地站在對面，卻還有一枝箭搭在弦上正在瞄準他的咽喉。

「哈哈，我以為他早到海邊摸魚去了，原來還在這些地方幹這些勾當，怪不得那老婆子有那些話……。」羿想。

那時快，對面是弓如滿月，箭似流星。颼的一聲，徑向羿的咽喉飛過來。也許是瞄準差了一點了，卻正中了他的嘴；一個筋斗，他帶箭掉下馬去了，馬也就站住。

逢蒙見羿已死，便慢慢地過來，微笑著去看他的死臉，當作喝一杯勝利的白乾。剛在定睛看時，只見羿張開眼，忽然直坐起來。

「你真是白來了一百多回。」他吐出箭，笑著說，「難道連我的『齧鏃法』都沒有知道麼？這怎麼行。你鬧這些小玩藝兒是不行的，偷去的拳頭打不死本人，要自己練練才好。」

「即以其人之道，反諸其人之身……。」勝者低聲說。

「哈哈哈！」他一面大笑，一面站了起來，「又是引經據典。但這些話你只可以哄哄老婆子，本人面前搗什麼鬼？俺向來就只是打獵，沒有弄過你似的剪徑的玩藝兒……。」他說著，又看看網兜裏的母雞，倒並沒有壓壞，便跨上馬，逕自走了。

「……你打了喪鐘！……」遠遠地還送來叫罵。

「真不料有這樣沒出息。青青年紀，倒學會了詛咒，怪不得那老婆子會那麼相信他。」羿想著，不覺在馬上絕望地搖了搖頭。

三

還沒有走完高粱田，天色已經昏黑；藍的空中現出明星來，長庚在西方格外燦爛。馬只能認著白色的田塍走，而且早已筋疲力竭，自然走得更慢了。幸而月亮卻在天際漸漸吐出銀白的清輝。

「討厭！」羿聽到自己的肚子裏骨碌骨碌地響了一陣，便在馬上焦躁了起來。「偏是謀生忙，便偏是多碰到些無聊事，白費工夫！」他將兩腿在馬肚子上一磕，催它快走，但

馬卻只將後半身一扭，照舊地慢騰騰。

「嫦娥一定生氣了，你看今天多麼晚。」他想。「說不定要裝怎樣的臉給我看哩。但幸而有這一隻小母雞，可以引她高興。我只要說：太太，這是我來回跑了二百里路才找來的。不，不好，這話似乎太逞能。」

他望見人家的燈火已在前面，一高興便不再想下去了。馬也不待鞭策，自然飛奔。圓的雪白的月亮照著前途，涼風吹臉，真是比大獵回來時還有趣。

馬自然而然地停在垃圾堆邊；羿一看，彷彿覺得異樣，不知怎地似乎家裏亂毿毿。迎出來的也只有一個趙富。

「怎的？王升呢？」他奇怪地問。

「王升到姚家找太太去了。」

「什麼？太太到姚家去了麼？」羿還呆坐在馬上，問。

「喳……。」他一面答應著，一面去接馬韁和馬鞭。

羿這才爬下馬來，跨進門，想了一想，又回過頭去問道——

「不是等不迭了，自己上飯館去了麼？」

「喳。三個飯館，小的都去問過了，沒有在。」

羿低了頭，想著，往裏面走，三個使女都惶惑地聚在堂前。他便很詫異，大聲的問道——

「你們都在家麼？姚家，太太一個人不是向來不去的麼？」

她們不回答，只看看他的臉，便來給他解下弓袋和箭壺和裝著小母雞的網兜。羿忽然心驚肉跳起來，覺得嫦娥是因為氣忿尋了短見了，便叫女庚去叫趙富來，要他到後園的池裏樹上去看一遍。但他一跨進房，便知道這推測是不確的了：房裏也很亂，衣箱是開著，向床裏一看，首先就看出失少了首飾箱。他這時正如頭上淋了一盆冷水，金珠自然不算

什麼，然而那道士送給他的仙藥，也就放在這首飾箱裏的。

羿轉了兩個圓圈，才看見王升站在門外面。

「回老爺，」王升說，「太太沒有到姚家去；他們今天也不打牌。」

羿看了他一眼，不開口。王升就退出去了。

「老爺叫？……」趙富上來，問。

羿將頭一搖，又用手一揮，叫他也退出去。羿又在房裏轉了幾個圈子，走到堂前，坐下，仰頭看著對面壁上的彤弓，彤矢，盧弓，盧矢，弩機，長劍，短劍，想了些時，才問那呆立在下面的使女們道——

「太太是什麼時候不見的？」

「掌燈時候就不看見了，」女乙說，「可是誰也沒見她走出去。」

「你們可見太太吃了那箱裏的藥沒有？」

「那倒沒有見。但她下午要我倒水喝是有的。」

羿急得站了起來，他似乎覺得，自己一個人被留在地上了。

「你們看見有什麼向天上飛升的麼？」他問。

「哦！」女辛想了一想，大悟似的說，「我點了燈出去的時候，的確看見一個黑影向這邊飛去的，但我那時萬想不到是太太……。」於是她的臉色蒼白了。

「一定是了！」羿在膝上一拍，即刻站起，走出屋外去，回頭問著女辛道，「那邊？」

女辛用手一指，他跟著看去時，只見那邊是一輪雪白的圓月，掛在空中，其中還隱約現出樓臺，樹木；當他還是孩子時候祖母講給他聽的月宮中的美景，他依稀記得起來了。他對著浮游在碧海裏似的月亮，覺得自己的身子非常沉重。

他忽然憤怒了。從憤怒裏又發了殺機，圓睜著眼睛，大

聲向使女們叱吒道——

「拿我的射日弓來！和三枝箭！」

女乙和女庚從堂屋中央取下那強大的弓，拂去塵埃，並三枝長箭都交在他手裏。

他一手拈弓，一手捏著三枝箭，都搭上去，拉了一個滿弓，正對著月亮。身子是岩石一般挺立著，眼光直射，閃閃如岩下電，鬚髮開張飄動，像黑色火，這一瞬息，使人彷彿想見他當年射日的雄姿。

颼的一聲，——只一聲，已經連發了三枝箭，剛發便搭，一搭又發，眼睛不及看清那手法，耳朵也不及分別那聲音。本來對面是雖然受了三枝箭，應該都聚在一處的，因為箭箭相銜，不差絲髮。但他為必中起見，這時卻將手微微一動，使箭到時分成三點，有三個傷。

使女們發一聲喊，大家都看見月亮只一抖，以為要掉下

來了，——但卻還是安然地懸著，發出和悅的更大的光輝，似乎毫無傷損。

「呔！」羿仰天大喝一聲，看了片刻；然而月亮不理他。他前進三步，月亮便退了三步；他退三步，月亮卻又照數前進了。

他們都默著，各人看各人的臉。羿懶懶地將射日弓靠在堂門上，走進屋裏去。使女們也一齊跟著他。

「唉，」羿坐下，歎一口氣，「那麼，你們的太太就永遠一個人快樂了。她竟忍心撇了我獨自飛升？莫非看得我老起來了？但她上月還說：並不算老，若以老人自居，是思想的墮落。」

「這一定。」女乙說，「有人說老爺還是一個戰士。」

「有時看去簡直好像藝術家。」女辛說。

「放屁！——不過烏老鴉的炸醬麵確也不好吃，難怪她

忍不住……。」

「那豹皮褥子脫毛的地方，我去剪一點靠牆的腳上的皮來補一補罷，怪不好看的。」女辛就往房裏走。

「且慢，」羿說著，想了一想，「那倒不忙。我實在餓極了，還是趕快去做一盤辣子雞，烙五斤餅來，給我吃了好睡覺。明天再去找那道士要一服仙藥，吃了追上去罷。女庚，你去吩咐王升，叫他量四升白豆餵馬！」

一九二六年十二月作

名家．解讀

《奔月》著重描寫了戰士的遭遇。羿是曾經射落九個太陽、射死封豕長蛇、為民除害的英雄。但現在不僅無用武之

地，人們也早已忘記了他，老婆子甚至罵他是「騙子」。門庭冷落，彤弓高懸，生活的艱難不說，最痛心的是弟子逢蒙的背叛，反過來還造謠、誣衊，甚至暗害他；妻子嫦娥不耐清苦，離開他奔月去了，只剩下他一人，孤獨而寂寞。這對於一個戰士說來，是難堪的，但也是許多戰士所曾經有過的遭遇，《補天》中的女媧不也是在她為人類獻出一切以後，那些世界的毀壞者在她肚皮上紮寨的嗎？……世界上有這樣的事情並不重要，重要的是戰士對之所採取的態度。作品描寫了羿的勇敢豪邁的性格，他雖然感到寂寞和孤獨，但並不悲觀……戰士依然是戰士，即使失敗了，他仍然決定吃飽睡足，再去找一服仙藥，吃了追上去。羿不個僅勇猛，而且正直和豪邁，但周圍卻是逢蒙那樣的青年和嫦娥那樣的女人，他當然會感到寂寞。

這裏確實傾注了魯迅自己的經驗和感情，他痛感到「有些青年之於我，見可利用則盡情利用，倘覺不能利用了，便想一棒打殺，所以很有些悲憤之言。」這類青年看到「活著他不能吸血了，就要打殺了煮吃，有如此惡毒。」逢蒙的形象確實有這類青年的投影，所以羿給了他最大的蔑視……羿態度開朗，在詛咒聲中逕自走了。魯迅對於類似遭遇的態度也是這樣的，一方面他要對著誣衊他的人「黑的惡鬼似的站著」，一方面仍然對青年採取熱情的幫助的態度；如他所說：「不能因為遇見過幾個壞人，便將人們都作壞人看。」這種態度和情緒是影響到了羿的戰士形象的塑造的。儘管羿的遭遇是令人歎息的，但事業永生，雄姿常存，戰士依然是戰士，魯迅在羿精神氣質中注入了強烈的感情。《奔月》的主要情節都有古書上的根據，包括逢蒙的剪徑；只是在羿的女侍中有一些喜劇性的穿插。

——王瑤《魯迅〈故事新編〉散論》

理水

一

這時候是「湯湯洪水方割，浩浩開山襄陵」；舜爺的百姓，倒並不都擠在露出水面的山頂上，有的捆在樹頂，有的坐著木排，有些木排上還搭有小小的板棚，從岸上看起來，很富於詩趣。

遠地裏的消息，是從木排上傳過來的。大家終於知道鯀大人因為治了九整年的水，什麼效驗也沒有，上頭龍心震

怒，把他充軍到羽山去了，接任的好像就是他的兒子文命少
爺，乳名叫作阿禹。

災荒得久了，大學早已解散，連幼稚園也沒有地方開，
所以百姓們都有些混混沌沌。只在文化山上，還聚集著許多
學者，他們的食糧，是都從奇肱國用飛車運來的，因此不怕
缺乏，因此也能夠研究學問。然而他們裏面，大抵是反對禹
的，或者簡直不相信世界上真有這個禹。

每月一次，照例的半空中要簌簌的發響，愈響愈厲害，
飛車看得清楚了，車上插一張旗，畫著一個黃圓圈在發毫
光。離地五尺，就掛下幾隻籃子來，別人可不知道裏面裝的
是什麼，只聽得上下在講話：

「古貌林！」

「好杜有圖。」

「古魯幾哩……」

「ＯＫ！」

飛車向奇肱國疾飛而去，天空中不再留下微聲，學者們也靜悄悄，這是大家在吃飯。獨有山周圍的水波，撞著石頭，不住的澎湃的在發響。午覺醒來，精神百倍，於是學說也就壓倒了濤聲了。

「禹來治水，一定不成功，如果他是鯀的兒子的話，」一個拿拄杖的學者說。「我曾經搜集了許多王公大臣和豪富人家的家譜，很下過一番研究工夫，得到一個結論：闊人的子孫都是闊人，壞人的子孫都是壞人——這就叫作『遺傳』。所以，鯀不成功，他的兒子禹一定也不會成功，因為愚人是生不出聰明人來的！」

「ＯＫ！」一個不拿拄杖的學者說。

「不過您要想想咱們的太上皇，」別一個不拿拄杖的學者道。

「他先前雖然有些『頑』，現在可是改好了。倘是愚人，就永遠不會改好……」

「ＯＫ！」

「這這些些都是費話，」又一個學者吃吃的說，立刻把鼻尖脹得通紅。「你們是受了謠言的騙的。其實並沒有所謂禹，『禹』是一條蟲，蟲蟲會治水的嗎？我看鯀也沒有的，『鯀』是一條魚，魚魚會治水水水的嗎？」他說到這裏，把兩腳一蹬，顯得非常用勁。

「不過鯀卻的確是有的，七年以前，我還親眼看見他到昆侖山腳下去賞梅花的。」

「那麼，他的名字弄錯了，他大概不叫『鯀』，他的名字應該叫『人』！至於禹，那可一定是一條蟲，我有許多證據，可以證明他的烏有，叫大家來公評……」

於是他勇猛的站了起來，摸出削刀，刮去了五株大松樹皮，用吃剩的麵包末屑和水研成漿，調了炭粉，在樹身上用很小的蝌蚪文寫上抹殺阿禹的考據，足足化掉了三九廿七天工夫。但是凡有要看的人，得拿出十片嫩榆葉，如果住在木排上，就改給一貝殼鮮水苔。

橫豎到處都是水，獵也不能打，地也不能種，只要還活著，所有的是閒工夫，來看的人倒也很不少。松樹下挨擠了三天，到處都發出歎息的聲音，有的是佩服，有的是疲勞。但到第四天的正午，一個鄉下人終於說話了，這時那學者正在吃炒麵。

「人裏面，是有叫作阿禹的，」鄉下人說。「況且『禹』也不是蟲，這是我們鄉下人的簡筆字，老爺們都寫作『禺』，是大猴子……」

「人有叫作大大猴子的嗎？……」學者跳起來了，連忙咽下沒有嚼爛的一口麵，鼻子紅到發紫，吆喝道。

「有的呀，連叫阿狗阿貓的也有。」

「鳥頭先生，您不要和他去辯論了，」拿拄杖的學者放下面包，攔在中間，說。「鄉下人都是愚人。拿你的家譜來，」他又轉向鄉下人，大聲道，「我一定會發見你的上代都是愚人……」

「我就從來沒有過家譜……」

「呸，使我的研究不能精密，就是有你們這些東西可惡！」

「不過這這也用不著家譜，我的學說是不會錯的。」鳥頭先生更加憤憤的說。「先前，許多學者都寫信來贊成我的學說，那些信我都帶在這裏……」

「不不，那可應該查家譜……」

「但是我竟沒有家譜，」那「愚人」說。「現在又是這麼的人荒馬亂，交通不方便，要等您的朋友們來信贊成，當

作證據，真也比螺螄殼裏做道場還難。證據就在眼前：您叫鳥頭先生，莫非真的是一個鳥兒的頭，並不是人嗎？」

「哼！」鳥頭先生氣忿到連耳輪都發紫了。「你竟這樣的侮辱我！說我不是人！我要和你到皋陶大人那裏去法律解決！如果我真的不是人，我情願大辟——就是殺頭呀，你懂了沒有？要不然，你是應該反坐的。你等著罷，不要動，等我吃完了炒麵。」

「先生，」鄉下人麻木而平靜的回答道，「您是學者，總該知道現在已是午後，別人也要肚子餓的。可恨的是愚人的肚子卻和聰明人的一樣：也要餓。真是對不起得很，我要撈青苔去了，等您上了呈子之後，我再來投案罷。」

於是他跳上木排，拿起網兜，撈著水草，泛泛的遠開去了。看客也漸漸的走散，鳥頭先生就紅著耳輪和鼻尖從新吃炒麵，拿拄杖的學者在搖頭。

然而「禹」究竟是一條蟲，還是一個人呢，卻仍是一個大疑問。

二

禹也真好像是一條蟲。

大半年過去了，奇肱國的飛車已經來過八回，讀過松樹身上的文字的木排居民，十個裏面有九個生了腳氣病，治水的新官卻還沒有消息。直到第十回飛車來過之後，這才傳來了新聞，說禹是確有這麼一個人的，正是鯀的兒子，也確是簡放了水利大臣，三年之前，已從冀州啟程，不久就要到這裏了。

大家略有一點興奮，但又很淡漠，不大相信，因為這一類不甚可靠的傳聞，是誰都聽得耳朵起繭了的。

然而這一回卻又像消息很可靠，十多天之後，幾乎誰都說大臣的確要到了，因為有人出去撈浮草，親眼看見過官船；他還指著頭上一塊烏青的疙瘩，說是為了回避得太慢一點了，吃了一下官兵的飛石：這就是大臣確已到來的證據。這人從此就很有名，也很忙碌，大家都爭先恐後的來看他頭上的疙瘩，幾乎把木排踏沉；後來還經學者們召了他去，細心研究，決定了他的疙瘩確是真疙瘩，於是使烏頭先生也不能再執成見，只好把考據學讓給別人，自己另去搜集民間的曲子了。

一大陣獨木大舟的到來，是在頭上打出疙瘩的大約二十多天之後，每隻船上，有二十名官兵打槳，三十名官兵持矛，前後都是旗幟；剛靠山頂，紳士們和學者們已在岸上列隊恭迎，過了大半天，這才從最大的船裏，有兩位中年的胖胖的大員出現，約略二十個穿虎皮的武士簇擁著，和迎接的

人們一同到最高巔的石屋裏去了。

大家在水陸兩面，探頭探腦的悉心打聽，才明白原來那兩位只是考察的專員，卻並非禹自己。

大員坐在石屋的中央，吃過麵包，就開始考察。

「災情倒並不算重，糧食也還可敷衍，」一位學者們的代表，苗民言語學專家說。「麵包是每月會從半空中掉下來的；魚也不缺，雖然未免有些泥土氣，可是很肥，大人。至於那些下民，他們有的是榆葉和海苔，他們『飽食終日，無所用心』，——就是並不勞心，原只要吃這些就夠。我們也嘗過了，味道倒並不壞，特別得很……」

「況且，」別一位研究《神農本草》的學者搶著說，「榆葉裏面是含有維他命W的；海苔裏有碘質，可醫瘰癧病，兩樣都極合於衛生。」

「ＯＫ！」又一個學者說。大員們瞪了他一眼。

「飲料呢，」那《神農本草》學者接下去道，「他們要多少有多少，一萬代也喝不完。可惜含一點黃土，飲用之前，應該蒸餾一下的。敝人指導過許多次了，然而他們冥頑不靈，絕對的不肯照辦，於是弄出數不清的病人來……」

「就是洪水，也還不是他們弄出來的嗎？」一位五絡長鬚，身穿醬色長袍的紳士又搶著說。「水還沒來的時候，他們懶著不肯填，洪水來了的時候，他們又懶著不肯戽……」

「是之謂失其性靈，」坐在後一排，八字鬍子的伏羲朝小品文學家笑道。「吾嘗登帕米爾之原，天風浩然，梅花開矣，白雲飛矣，金價漲矣，耗子眠矣，見一少年，口銜雪茄，面有蚩尤氏之霧……哈哈哈！沒有法子……」

「ＯＫ！」

這樣的談了小半天。大員們都十分用心的聽著，臨末是叫他們合擬一個公呈，最好還有一種條陳，瀝述著善後的方法。於是大員們下船去了。

第二天，說是因為路上勞頓，不辦公，也不見客；第三天是學者們公請在最高峰上賞偃蓋古松，下半天又同往山背後釣黃鱔，一直玩到黃昏。第四天，說是因為考察勞頓了，不辦公，也不見客；第五天的午後，就傳見下民的代表。

下民的代表，是四天以前就在開始推舉的，然而誰也不肯去，說是一向沒有見過官。於是大多數就推定了頭有疙瘩的那一個，以為他曾有見過官的經驗。已經平復下去的疙瘩，這時忽然針刺似的痛起來了，他就哭著一口咬定：做代表，毋寧死！大家把他圍起來，連日連夜的責以大義，說他不顧公益，是利己的個人主義者，將為華夏所不容；激烈點的，還至於捏起拳頭，伸在他的鼻子跟前，要他負這回的水災的責任。他渴睡得要命，心想與其逼死在木排上，還不如冒險去做公益的犧牲，便下了絕大的決心，到第四天，答應

了。

大家就都稱讚他，但幾個勇士，卻又有些妒忌。

就是這第五天的早晨，大家一早就把他拖起來，站在岸上聽呼喚。果然，大員們呼喚了。他兩腿立刻發抖，然而又立刻下了絕大的決心，決心之後，就又打了兩個大呵欠，腫著眼眶，自己覺得好像腳不點地，浮在空中似的走到官船上去了。

奇怪得很，持矛的官兵，虎皮的武士，都沒有打罵他，一直放進了中艙。艙裏鋪著熊皮，豹皮，還掛著幾副弩箭，擺著許多瓶罐，弄得他眼花繚亂。定神一看，才看見在上面，就是自己的對面，坐著兩位胖大的官員。什麼相貌，他不敢看清楚。

「你是百姓的代表嗎？」大員中的一個問道。

「他們叫我上來的。」他眼睛看著鋪在艙底上的豹皮的艾葉一般的花紋，回答說。

「你們怎麼樣？」

「……」他不懂意思，沒有答。

「你們過得還好麼？」

「托大人的鴻福，還好……」他又想了一想，低低的說道，「敷敷衍衍……混混……」

「吃的呢？」

「有，葉子呀，水苔呀……」

「都還吃得來嗎？」

「吃得來的。我們是什麼都弄慣了的，吃得來的。只有些小畜生還要嚷，人心在壞下去哩，媽的，我們就揍他。」

大人們笑起來了，有一個對別一個說道：「這傢伙倒老實。」

這傢伙一聽到稱讚，非常高興，膽子也大了，滔滔的講

述道：

「我們總有法子想。比如水苔，頂好是做滑溜翡翠湯，榆葉就做一品當朝羹。剝樹皮不可剝光，要留下一道，那麼，明年春天樹枝梢還是長葉子，有收成。如果托大人的福，釣到了黃鱔……」

然而大人好像不大愛聽了，有一位也接連打了兩個大呵欠，打斷他的講演道：「你們還是合具一個公呈來罷，最好是還帶一個貢獻善後方法的條陳。」

「我們可是誰也不會寫……」他惴惴的說。

「你們不識字嗎？這真叫作不求上進！沒有法子，把你們吃的東西揀一份來就是！」

他又恐懼又高興的退了出來，摸一摸疙瘩疤，立刻把大人的吩咐傳給岸上，樹上和排上的居民，並且大聲叮囑道：

「這是送到上頭去的呵！要做得乾淨，細緻，體面呀！……」

所有居民就同時忙碌起來，洗葉子，切樹皮，撈青苔，亂作一團。他自己是鋸木版，來做進呈的盒子。有兩片磨得特別光，連夜跑到山頂上請學者去寫字，一片是做盒子蓋的，求寫「壽山福海」，一片是給自己的木排上做扁額，以志榮幸的，求寫「老實堂」。但學者卻只肯寫了「壽山福海」的一塊。

三

當兩位大員回到京都的時候，別的考察員也大抵陸續回來了，只有禹還在外。他們在家裏休息了幾天，水利局的同事們就在局裏大排筵宴，替他們接風，份子分福祿壽三種，最少也得出五十枚大貝殼。這一天真是車水馬龍，不到黃昏時候，主客就全都到齊了，院子裏卻已經點起庭燎來，鼎中

的牛肉香，一直透到門外虎賁的鼻子跟前，大家就一齊咽口水。酒過三巡，大員們就講了一些水鄉沿途的風景，蘆花似雪，泥水如金，黃鱔膏腴，青苔滑溜……等等。微醺之後，才取出大家採集了來的民食來，都裝著細巧的木匣子，蓋上寫著文字，有的是伏羲八卦體，有的是倉頡鬼哭體，大家就先來賞鑒這些字，爭論得幾乎打架之後，才決定以寫著「國泰民安」的一塊為第一，因為不但文字質樸難識，有上古淳厚之風，而且立言也很得體，可以宣付史館的。

　　評定了中國特有的藝術之後，文化問題總算告一段落，於是來考察盒子的內容了：大家一致稱讚著餅樣的精巧。然而大約酒也喝得太多了，便議論紛紛：有的咬一口松皮餅，極口歎賞它的清香，說自己明天就要掛冠歸隱，去享這樣的清福；咬了柏葉糕的，卻道質粗味苦，傷了他的舌頭，要這樣與下民共患難，可見為君難，為臣亦不易。有幾個又撲上去，想搶下他們咬過的糕餅來，說不久就要開展覽會募捐，這些都得去陳列，咬得太多是很不雅觀的。

局外面也起了一陣喧嚷。一群乞丐似的大漢，面目黧黑，衣服破舊，竟衝破了斷絕交通的界線，闖到局裏來了。衛兵們大喝一聲，連忙左右交叉了明晃晃的戈，擋住他們的去路。

「什麼？——看明白！」當頭是一條瘦長的莽漢，粗手粗腳的，怔了一下，大聲說。

衛兵們在昏黃中定睛一看，就恭恭敬敬的立正，舉戈，放他們進去了，只攔住了氣喘吁吁的從後面追來的一個身穿深藍土布袍子，手抱孩子的婦女。

「怎麼？你們不認識我了嗎？」她用拳頭揩著額上的汗，詫異的問。

「禹太太，我們怎會不認識您家呢？」

「那麼，為什麼不放我進去的？」

「禹太太，這個年頭兒，不大好，從今年起，要端風俗而正人心，男女有別了。現在那一個衙門裏也不放娘兒們進去，不但這裏，不但您。這是上頭的命令，怪不著我們的。」

禹太太呆了一會，就把雙眉一揚，一面回轉身，一面嚷叫道：

「這殺千刀的！奔什麼喪！走過自家的門口，看也不進來看一下，就奔你的喪！做官做官，做官有什麼好處，仔細像你的老子，做到充軍，還掉在池子裏變大忘八！這沒良心的殺千刀！……」

這時候，局裏的大廳上也早發生了擾亂。大家一望見一群莽漢們奔來，紛紛都想躲避，但看不見耀眼的兵器，就又硬著頭皮，定睛去看。奔來的也臨近了，頭一個雖然面貌黑瘦，但從神情上，也就認識他正是禹；其餘的自然是他的隨員。

這一嚇，把大家的酒意都嚇退了，沙沙的一陣衣裳聲，立刻都退在下面。禹便一徑跨到席上，在上面坐下，大約是大模大樣，或者生了鶴膝風罷，並不屈膝而坐，卻伸開了兩腳，把大腳底對著大員們，又不穿襪子，滿腳底都是栗子一般的老繭。隨員們就分坐在他的左右。

「大人是今天回京的？」一位大膽的屬員，膝行而前了一點，恭敬的問。

「你們坐近一點來！」禹不答他的詢問，只對大家說。

「查的怎麼樣？」

大員們一面膝行而前，一面面面相覷，列坐在殘筵的下面，看見咬過的松皮餅和啃光的牛骨頭。非常不自在——卻又不敢叫膳夫來收去。

「稾大人，」一位大員終於說。「倒還像個樣子——印象甚佳。松皮水草，出產不少；飲料呢，那可豐富得很。百姓都很老實，他們是過慣了的。稾大人，他們都是以善於吃苦，馳名世界的人們。」

「卑職可是已經擬好了募捐的計畫，」又一位大員說。「準備開一個奇異食品展覽會，另請女隗小姐來做時裝表演。只賣票，並且聲明會裏不再募捐，那麼，來看的可以多一點。」

「這很好。」禹說著，向他彎一彎腰。

「不過第一要緊的是趕快派一批大木筏去，把學者們接上高原來。」第三位大員說，「一面派人去通知奇肱國，使他們知道我們的尊崇文化，接濟也只要每月送到這邊來就好。學者們有一個公呈在這裏，說的倒也很有意思，他們以為文化是一國的命脈，學者是文化的靈魂，只要文化存在，華夏也就存在，別的一切，倒還在其次……」

「他們以為華夏的人口太多了，」第一位大員道，「減少一些倒也是致太平之道。況且那些不過是愚民，那喜怒哀樂，也決沒有智者所推想的那麼精微的。知人論事，第一要憑主觀。例如莎士比亞……」

「放他媽的屁！」禹心裏想，但嘴上卻大聲的說道：「我經過查考，知道先前的方法：『湮』，確是錯誤了。以後應該用『導』！不知道諸位的意見怎麼樣？」

靜得好像墳山；大員們的臉上也顯出死色，許多人還覺得自己生了病，明天恐怕要請病假了。

「這是蚩尤的法子！」一個勇敢的青年官員悄悄的憤激著。

「卑職的愚見，竊以為大人是似乎應該收回成命的。」一位白鬚白髮的大員，這時覺得天下興亡，繫在他的嘴上了，便把心一横，置死生於度外，堅決的抗議道：「湮是老大人的成法。『三年無改於父之道，可謂孝矣。』——老大人升天還不到三年。」

禹一聲也不響。

「況且老大人化過多少心力呢。借了上帝的息壤，來湮洪水，雖然觸了上帝的惱怒，洪水的深度可也淺了一點了。這似乎還是照例的治下去。」另一位花白鬍髮的大員說，他是禹母舅的乾兒子。

禹一聲也不響。「我看大人還不如『幹父之蠱』，」一位胖大官員看得禹不作聲，以為他就要折服了，便帶些輕薄的大聲說，不過臉上還流出著一層油汗。「照著家法，挽回家聲。大人大約未必知道人們在怎麼講說老大人罷……」

「要而言之，『湮』是世界上已有定評的好法子，」白鬚髮的老官恐怕胖子鬧出岔子來，就搶著說道。「別的種種，所謂『摩登』者也，昔者蚩尤氏就壞在這一點上。」

禹微微一笑：「我知道的。有人說我的爸爸變了黃熊，也有人說他變了三足鱉，也有人說我在求名，圖利。說就是了。我要說的是我查了山澤的情形，徵了百姓的意見，已經看透實情，打定主意，無論如何，非『導』不可！這些同事，也都和我同意的。」

他舉手向兩旁一指。白鬚髮的，花鬚髮的，小白臉的，胖而流著油汗的，胖而不流油汗的官員們，跟著他的指頭看過去，只見一排黑瘦的乞丐似的東西，不動，不言，不笑，像鐵鑄的一樣。

四

禹爺走後，時光也過得真快，不知不覺間，京師的景況

日見其繁盛了。首先是闊人們有些穿了繭綢袍，後來就看見大水果鋪裏賣著橘子和柚子，大綢緞店裏掛著華絲葛；富翁的筵席上有了好醬油，清燉魚翅，涼拌海參；再後來他們竟有熊皮褥子狐皮褂，那太太也戴上赤金耳環銀手鐲了。

只要站在大門口，也總有什麼新鮮的物事看：今天來一車竹箭，明天來一批松板，有時抬過了做假山的怪石，有時提過了做魚生的鮮魚；有時是一大群一尺二寸長的大烏龜，都縮了頭裝著竹籠，載在車子上，拉向皇城那面去。

「媽媽，你瞧呀，好大的烏龜！」孩子們一看見，就嚷起來，跑上去，圍住了車子。

「小鬼，快滾開！這是萬歲爺的寶貝，當心殺頭！」

然而關於禹爺的新聞，也和珍寶的入京一同多起來了。百姓的檐前，路旁的樹下，大家都在談他的故事；最多的是他怎樣夜裏化為黃熊，用嘴和爪子，一拱一拱的疏通了九河，以及怎樣請了天兵天將，捉住興風作浪的妖怪無支祁，鎮在龜山的腳下。皇上舜爺的事情，可是誰也不再提起了，至多，也不過談談丹朱太子的沒出息。

禹要回京的消息，原已傳佈得很久了，每天總有一群人站在關口，看可有他的儀仗的到來。並沒有。然而消息卻愈傳愈緊，也好像愈真。一個半陰半晴的上午，他終於在百姓們的萬頭攢動之間，進了冀州的帝都了。前面並沒有儀仗，不過一大批乞丐似的隨員。臨末是一個粗手粗腳的大漢，黑臉黃鬚，腿彎微曲，雙手捧著一片烏黑的尖頂的大石頭——舜爺所賜的「玄圭」，連聲說道「借光，借光，讓一讓，讓一讓」，從人叢中擠進皇宮裏去了。

百姓們就在宮門外歡呼，議論，聲音正好像浙水的濤聲一樣。

舜爺坐在龍位上，原已有了年紀，不免覺得疲勞，這時

又似乎有些驚駭。禹一到，就連忙客氣的站起來，行過禮，皋陶先去應酬了幾句，舜才說道：

「你也講幾句好話我聽呀。」

「哼，我有什麼說呢？」禹簡截的回答道。「我就是想，每天孳孳！」

「什麼叫作『孳孳』？」皋陶問。

「洪水滔天，」禹說，「浩浩懷山襄陵，下民都浸在水裏。我走旱路坐車，走水路坐船，走泥路坐橇，走山路坐轎。到一座山，砍一通樹，和益倆給大家有飯吃，有肉吃。放田水入川，放川水入海，和稷倆給大家有難得的東西吃。東西不夠，就調有餘，補不足。搬家。大家這才靜下來了，各地方成了個樣子。」

「對啦對啦，這些話可真好！」皋陶稱讚道。

「唉！」禹說。「做皇帝要小心，安靜。對天有良心，

天才會仍舊給你好處！」

舜爺歎一口氣，就托他管理國家大事，有意見當面講，不要背後說壞話。看見禹都答應了，又歎一口氣，道：「莫像丹朱的不聽話，只喜歡遊蕩，旱地上要撐船，在家裏又搗亂，弄得過不了日子，這我可真看的不順眼！」

「我討過老婆，四天就走，」禹回答說。「生了阿啟，也不當他兒子看。所以能夠治了水，分作五圈，簡直有五千里，計十二州，直到海邊，立了五個頭領，都很好。只是有苗可不行，你得留心點！」

「我的天下，真是全仗的你的功勞弄好的！」舜爺也稱讚道。

於是皋陶也和舜爺一同肅然起敬，低了頭；退朝之後，他就趕緊下一道特別的命令，叫百姓都要學禹的行為，倘不然，立刻就算是犯了罪。

這使商家首先起了大恐慌。但幸而禹爺自從回京以後，態度也改變一點了：吃喝不考究，但做起祭祀和法事來，是闊綽的；衣服很隨便，但上朝和拜客時候的穿著，是要漂亮的。所以市面仍舊不很受影響，不多久，商人們就又說禹爺的行為真該學，皋爺的新法令也很不錯；終於太平到連百獸都會跳舞，鳳凰也飛來湊熱鬧了。

一九三五年十一月作

名家・解讀

這篇小說取材於大禹治水的傳說，歌頌了腳踏實地、拼命硬幹的大禹。禹的父親鯀因為治了九年水卻沒有效驗被「充軍到羽山去了」，禹便「接任」了父親的事業。禹面臨

的困難很大：洪水滔天，災荒連年，學者們的誹謗，大員們的醉生夢死……尤其是在治水的方法上，究竟是『湮』還是「導」，禹遭到了保守官員們的一致反對。但禹不為所動，最後只微微一笑說：「……也有人說我在求名、圖利。說就是了。我要說的是我查了山澤的情形，徵了百姓的意見，已經看透實情，打定主意，無論如何，非『導』不可！」在治水的過程中，他過家門而不入，成天勞苦，弄得「面貌黑瘦」、「滿腳底都是栗子一般的老繭」；百姓中間關於他的傳說可多了：「最多的是他怎樣夜裏化為黃熊，用嘴和爪子，一拱一拱的疏通了九河。」這就是小說中的大禹形象：中華民族的脊梁。

　　在歌頌大禹形象的同時，小說還辛辣諷刺了那些不關心人民疾苦、只知道搜刮民脂民膏、過著荒淫無恥生活的官僚階層；諷刺了那些頑固保守、因循守舊、言不及義、散漫無

稽的文人學者。小說中充滿了現實的細節描寫，描繪了眾多現實的生活畫面，這些都再清楚不過地表現了小說對國民黨黑暗統治的強烈不滿。對進步力量的歌頌和對反動勢力的鞭撻是小說的基本主題。

小說在藝術上的首要特色是浪漫主義和現實主義相結合，這表現在小說打破了時空界限，將古今融會，於「浩浩懷山襄陵」的描寫中融進了「莎士比亞」、「大學」、「維他命」等當代詞語和現實生活畫面，也表現在對禹的現實描繪與利用傳說烘托禹的形象的結合上。小說在諷刺藝術的運用上也很出色，如關於禹究竟是人還是蟲的辯論，關於大員們考察災情的敘述，學者們關於華夏文化保存和張揚的議論等。

——夏明釗《中國現代文學名著題解》

採薇

一

這半年來，不知怎的連養老堂裏也不大平靜了，一部分的老頭子，也都交頭接耳，跑進跑出的很起勁。只有伯夷最不留心閒事，秋涼到了，他又老的很怕冷，就整天的坐在階沿上曬太陽，縱使聽到匆忙的腳步聲，也決不抬起頭來看。

「大哥！」

一聽聲音自然就知道是叔齊。伯夷是向來最講禮讓的，

便在抬頭之前，先站起身，把手一擺，意思是請兄弟在階沿上坐下。

「大哥，時局好像不大好！」叔齊一面並排坐下去，一面氣喘吁吁的說，聲音有些發抖。

「怎麼了呀？」伯夷這才轉過臉去看，只見叔齊的原是蒼白的臉色，好像更加蒼白了。

「您聽到過從商王那裏，逃來兩個瞎子的事了罷。」

「唔，前幾天，散宜生好像提起過。我沒有留心。」

「我今天去拜訪過了。一個是太師疵，一個是少師強，還帶來許多樂器。聽說前幾時還開過一個展覽會，參觀者都『嘖嘖稱美』，——不過好像這邊就要動兵了。」

「為了樂器動兵，是不合先王之道的阿。」伯夷慢吞吞的說。

「也不單為了樂器。您不早聽到過商王無道，砍早上渡河不怕水冷的人的腳骨，看看他的骨髓，挖出比干王爺的心來，看它可有七竅嗎？先前還是傳聞，瞎子一到，可就證實了。況且還切切實實的證明了商王的變亂舊章。變亂舊章，原是應該征伐的。不過我想，以下犯上，究竟也不合先王之道……」

「近來的烙餅，一天一天的小下去了，看來確也像要出事情，」伯夷想了一想，說。「但我看你還是少出門，少說話，仍舊每天練你的太極拳的好！」

「是……」叔齊是很悌的，應了半聲。

「你想想看，」伯夷知道他心裏其實並不服氣，便接著說。「我們是客人，因為西伯肯養老，呆在這裏的。烙餅小下去了，固然不該說什麼，就是事情鬧起來了，也不該說什麼的。」

「那麼，我們可就成了為養老而養老了。」

「最好是少說話。我也沒有力氣來聽這些事。」

伯夷咳了起來，叔齊也不再開口。咳嗽一止，萬籟寂然，秋末的夕陽，照著兩部白鬍子，都在閃閃的發亮。

二

然而這不平靜，卻總是滋長起來，烙餅不但小下去，粉也粗起來了。養老堂的人們更加交頭接耳，外面只聽得車馬行走聲，叔齊更加喜歡出門，雖然回來也不說什麼話，但那不安的神色，卻惹得伯夷也很難閒適了：他似乎覺得這碗平穩飯快要吃不穩。

十一月下旬，叔齊照例一早起了床，要練太極拳，但他走到院子裏，聽了一聽，卻開開堂門，跑出去了。約摸有烙十張餅的時候，這才氣急敗壞的跑回來，鼻子凍得通紅，嘴

裏一陣一陣的噴著白蒸氣。

「大哥！你起來！出兵了！」他恭敬的垂手站在伯夷的床前，大聲說，聲音有些比平常粗。

伯夷怕冷，很不願意這麼早就起身，但他是非常友愛的，看見兄弟著急，只好把牙齒一咬，坐了起來，披上皮袍，在被窩裏慢吞吞的穿褲子。

「我剛要練拳，」叔齊等著，一面說。「卻聽得外面有人馬走動，連忙跑到大路上去看時——果然，來了。首先是一乘白彩的大轎，總該有八十一人抬著罷，裏面一座木主，寫的是「大周文王之靈位」；後面跟的都是兵。我想：這一定是要去伐紂了。現在的周王是孝子，他要做大事，一定是把文王抬在前面的。看了一會，我就跑回來，不料我們養老堂的牆外就貼著告示……」

伯夷的衣服穿好了，弟兄倆走出屋子，就覺得一陣冷

氣，趕緊縮緊了身子。伯夷向來不大走動，一出大門，很看得有些新鮮。不幾步，叔齊就伸手向牆上一指，可真的貼著一張大告示：

「照得今殷王紂，乃用其婦人之言，自絕於天，毀壞其三正，離其王父母弟。乃斷布其先祖之樂；乃為淫聲，用變亂正聲，怡說婦人。故今予發，維共行天罰。勉哉夫子，不可再，不可三！此示。」

兩人看完之後，都不作聲，徑向大路走去。只見路邊都擠滿了民眾，站得水泄不通。兩人在後面說一聲「借光」，民眾回頭一看，見是兩位白鬚老者，便照文王敬老的上諭，趕忙閃開，讓他們走到前面。這時打頭的木主早已望不見了，走過去的都是一排一排的甲士，約有烙三百五十二張大餅的工夫，這才見別有許多兵丁，肩著九旒雲罕旗，彷佛五色雲一樣。接著又是甲士，後面一大隊騎著高頭大馬的文武

官員，簇擁著一位王爺，紫糖色臉，絡腮鬍子，左捏黃斧頭，右拿白牛尾，威風凜凜：這正是「恭行天罰」的周王發。

大路兩旁的民眾，個個肅然起敬，沒有人動一下，沒有人響一聲。在百靜中，不提防叔齊卻拖著伯夷直撲上去，鑽過幾個馬頭，拉住了周王的馬嚼子，直著脖子嚷起來道：「老子死了不葬，倒來動兵，說得上『孝』嗎？臣子想要殺主子，說得上『仁』嗎？……」

開初，是路旁的民眾，駕前的武將，都嚇得呆了；連周王手裏的白牛尾巴也歪了過去。但叔齊剛說了四句話，卻就聽得一片嘩啷聲響，有好幾把大刀從他們的頭上砍下來。

「且住！」

誰都知道這是姜太公的聲音，豈敢不聽，便連忙停了刀，看著這也是白鬚白髮，然而胖得圓圓的臉。

「義士呢。放他們去罷！」

武將們立刻把刀收回，插在腰帶上。一面是走上四個甲士來，恭敬的向伯夷和叔齊立正，舉手，之後就兩個挾一個，開正步向路旁走過去。民眾們也趕緊讓開道，放他們走到自己的背後去。到得背後，甲士們便又恭敬的立正，放了手，用力在他們倆的脊樑上一推。兩人只叫得一聲「阿呀」，蹌蹌踉踉的顛了周尺一丈路遠近，這才撲通的倒在地面上。叔齊還好，用手支著，只印了一臉泥；伯夷究竟比較的有了年紀，腦袋又恰巧磕在石頭上，便暈過去了。

三

大軍過去之後，什麼也不再望得見，大家便換了方向，把躺著的伯夷和坐著的叔齊圍起來。有幾個是認識他們的，當場告訴人們，說這原是遼西的孤竹君的兩位世子，因為讓位，這才一同逃到這裏，進了先王所設的養老堂。這報告引得眾人連聲讚歎，幾個人便蹲下身子，歪著頭去看叔齊的臉，幾個人回家去燒薑湯，幾個人去通知養老堂，叫他們快抬門板來接了。

大約過了烙好一百零三四張大餅的工夫，現狀並無變化，看客也漸漸的走散；又好久，才有兩個老頭子抬著一扇門板，一拐一拐的走來，板上面還鋪著一層稻草：這還是文王定下來的敬老老規矩。

板在地上一放，嚨一聲，震得伯夷突然張開了眼睛：他蘇甦了。叔齊驚喜的發一聲喊，幫那兩個人一同輕輕的把伯夷扛上門板，抬向養老堂裏去；自己是在旁邊跟定，扶住了掛著門板的麻繩。

走了六七十步路，聽得遠遠地有人在叫喊：「您哪！等

一下！薑湯來哩！」望去是一位年青的太太，手裏端著一個瓦罐子，向這面跑來了，大約怕薑湯潑出罷，她跑得不很快。

大家只得停住，等候她的到來。叔齊謝了她的好意。她看見伯夷已經自己醒來了，似乎很有些失望，但想了一想，就勸他仍舊喝下去，可以暖暖胃。然而伯夷怕辣，一定不肯喝。

「這怎麼辦好呢？還是八年陳的老薑熬的呀。別人家還拿不出這樣的東西來呢。我們的家裏又沒有愛吃辣的人……」她顯然有點不高興。叔齊只得接了瓦罐，做好做歹的硬勸伯夷喝了一口半，餘下的還很多，便說自己也正在胃氣痛，統統喝掉了。眼圈通紅的，恭敬的誇讚了薑湯的力量，謝了那太太的好意之後，這才解決了這一場大糾紛。

他們回到養老堂裏，倒也並沒有什麼餘病，到第三天，伯夷就能夠起床了，雖然前額上腫著一大塊——然而胃口壞。

官民們都不肯給他們超然，時時送來些攪擾他們的消息，或者是官報，或者是新聞。十二月底，就聽說大軍已經渡了盟津，諸侯無一不到。不久也送了武王的《太誓》的鈔本來。這是特別鈔給養老堂看的，怕他們眼睛花，每個字都寫得有核桃一般大。不過伯夷還是懶得看，只聽叔齊朗誦了一遍，別的倒也並沒有什麼，但是「自棄其先祖肆祀不答，昏棄其家國……」這幾句，斷章取義，卻好像很傷了自己的心。

傳說也不少：有的說，周師到了牧野，和紂王的兵大戰，殺得他們屍橫遍野，血流成河，連木棍也浮起來，彷彿水上的草梗一樣；有的卻道紂王的兵雖然有七十萬，其實並沒有戰，一望見姜太公帶著大軍前來，便回轉身，反替武王開路了。

這兩種傳說，固然略有些不同，但打了勝仗，卻似乎確實的。此後又時時聽到運來了鹿台的寶貝，巨橋的白米，就更加證明了得勝的確實。傷兵也陸陸續續的回來了，又好像還是打過大仗似的。凡是能夠勉強走動的傷兵，大抵在茶館，酒店，理髮鋪，以及人家的檐前或門口閑坐，講述戰爭的故事，無論那裏，總有一群人眉飛色舞的在聽他。春天到了，露天下也不再覺得怎麼涼，往往到夜裏還講得很起勁。

伯夷和叔齊都消化不良，每頓總是吃不完應得的烙餅；睡覺還照先前一樣，天一暗就上床，然而總是睡不著。伯夷只在翻來覆去，叔齊聽了，又煩躁，又心酸，這時候，他常是重行起來，穿好衣服，到院子裏去走走，或者練一套太極拳。

有一夜，是有星無月的夜。大家都睡得靜靜的了，門口卻還有人在談天。叔齊是向來不偷聽人家談話的，這一回可不知怎的，竟停了腳步，同時也側著耳朵。

「媽的紂王，一敗，就奔上鹿台去了，」說話的大約是回來的傷兵。「媽的，他堆好寶貝，自己坐在中央，就點起火來。」

「阿唷，這可多麼可惜呀！」這分明是管門人的聲音。

「不慌！只燒死了自己，寶貝可沒有燒哩。咱們大王就帶著諸侯，進了商國。他們的百姓都在郊外迎接，大王叫大人們招呼他們道：『納福呀！』他們就都磕頭。一直進去，但見門上都貼著兩個大字道：『順民』。大王的車子一徑走向鹿台，找到紂王自尋短見的處所，射了三箭……」

「為什麼呀？怕他沒有死嗎？」別一人問道。

「誰知道呢。可是射了三箭，又拔出輕劍來，一砍，這才拿了黃斧頭，嚓！砍下他的腦袋來，掛在大白旗上。」

叔齊吃了一驚。

「之後就去找紂王的兩個小老婆。哼，早已統統吊死了。大王就又射了三箭，拔出劍來，一砍，這才拿了黑斧頭，割下她們的腦袋，掛在小白旗上。這麼一來……」

「那兩個姨太太真的漂亮嗎？」管門人打斷了他的話。

「知不清。旗杆子高，看的人又多，我那時金創還很疼，沒有擠近去看。」

「他們說那一個叫作妲己的是狐狸精，只有兩隻腳變不成人樣，便用布條子裹起來：真的？」

「誰知道呢。我也沒有看見她的腳。可是那邊的娘兒們卻真有許多把腳弄得好像豬蹄子的。」

叔齊是正經人，一聽到他們從皇帝的頭，談到女人的腳上去了，便雙眉一皺，連忙掩住耳朵，返身跑進房裏去。伯夷也還沒有睡著，輕輕的問道：「你又去練拳了麼？」

叔齊不回答，慢慢的走過去，坐在伯夷的床沿上，彎下腰，告訴了他剛才聽來的一些話。這之後，兩人都沉默了許多時，終於是叔齊很困難的歎一口氣，悄悄的說道：

「不料竟全改了文王的規矩……你瞧罷，不但不孝，也不仁……這樣看來，這裏的飯是吃不得了。」

「那麼，怎麼好呢？」伯夷問。

「我看還是走……」

於是兩人商量了幾句，就決定明天一早離開這養老堂，不再吃周家的大餅；東西是什麼也不帶。兄弟倆一同走到華山去，吃些野果和樹葉來送自己的殘年。況且「天道無親，常與善人」，或者竟會有蒼朮和茯苓之類也說不定。

打定主意之後，心地倒十分輕鬆了。叔齊重覆解衣躺下，不多久，就聽到伯夷講夢話；自己也覺得很有興致，而且彷彿聞到茯苓的清香，接著也就在這茯苓的清香中，沉沉

睡去了。

四

第二天，兄弟倆都比平常醒得早，梳洗完畢，毫不帶什麼東西，其實也並無東西可帶，只有一件老羊皮長袍捨不得，仍舊穿在身上，拿了拄杖，和留下的烙餅，推稱散步，一徑走出養老堂的大門；心裏想，從此要長別了，便似乎還不免有些留戀似的，回過頭來看了幾眼。

街道上行人還不多；所遇見的不過是睡眼惺忪的女人，在井邊打水。將近郊外，太陽已經高升，走路的也多起來了，雖然大抵昂著頭，得意洋洋的，但一看見他們，卻還是照例的讓路。樹木也多起來了，不知名的落葉樹上，已經吐著新芽，一望好像灰綠的輕煙，其間夾著松柏，在朦朧中仍

然顯得很蒼翠。

滿眼是闊大，自由，好看，伯夷和叔齊覺得彷彿年青起來，腳步輕鬆，心裏也很舒暢了。

到第二天的午後，迎面遇見了幾條岔路，他們決不定走那一條路近，便檢了一個對面走來的老頭子，很和氣的去問他。

「阿呀，可惜，」那老頭子說。「您要是早一點，跟先前過去的那隊馬跑就好了。現在可只得先走這條路。前面岔路還多，再問罷。」

叔齊就記得了正午時分，他們的確遇見過幾個廢兵，趕著一大批老馬，瘦馬，跛腳馬，癩皮馬，從背後衝上來，幾乎把他們踏死，這時就趁便問那老人，這些馬是趕去做什麼的。

「您還不知道嗎？」那人答道。「我們大王已經『恭行

天罰』，用不著再來興師動眾，所以把馬放到華山腳下去的。這就是『歸馬於華山之陽』呀，您懂了沒有？我們還在『放牛於桃林之野』哩！嚇，這回可真是大家要吃太平飯了。」

然而這竟是兜頭一桶冷水，使兩個人同時打了一個寒噤，但仍然不動聲色，謝過老人，向著他所指示的路前行。無奈這『歸馬於華山之陽』，竟踏壞了他們的夢境，使兩個人的心裏，從此都有些七上八下起來。

心裏忐忑，嘴裏不說，仍是走，到得傍晚，臨近了一座並不很高的黃土崗，上面有一些樹林，幾間土屋，他們便在途中議定，到這裏去借宿。

離土崗腳還有十幾步，林子裏便竄出五個彪形大漢來，頭包白布，身穿破衣，為首的拿一把大刀，另外四個都是木棍。一到崗下，便一字排開，攔住去路，一同恭敬的點頭，

大聲吆喝道：

「老先生，您好哇！」

他們倆都嚇得倒退了幾步，伯夷竟發起抖來，還是叔齊能幹，索性走上前，問他們是什麼人，有什麼事。

「小人就是華山大王小窮奇，」那拿刀的說，「帶了兄弟們在這裏，要請您老賞一點買路錢！」

「我們那裏有錢呢，大王。」叔齊很客氣的說。「我們是從養老堂裏出來的。」

「阿呀！」小窮奇吃了一驚，立刻肅然起敬，「那麼，您兩位一定是『天下之大老也』了。小人們也遵先王遺教，非常敬老，所以要請您老留下一點紀念品……」他看見叔齊沒有回答，便將大刀一揮，提高了聲音道：「如果您老還要謙讓，那可小人們只好恭行天搜，瞻仰一下您老的貴體了！」

伯夷叔齊立刻擎起了兩隻手；一個拿木棍的就來解開他們的皮袍，棉襖，小衫，細細搜檢了一遍。「兩個窮光蛋，真的什麼也沒有！」他滿臉顯出失望的顏色，轉過頭去，對小窮奇說。

小窮奇看出了伯夷在發抖，便上前去，恭敬的拍拍他肩膀，說道：「老先生，請您不要怕。海派會『剝豬玀』，我們是文明人，不幹這玩意兒的。什麼紀念品也沒有，只好算我們自己晦氣。現在您只要滾您的蛋就是了！」

伯夷沒有話好回答，連衣服也來不及穿好，和叔齊邁開大步，眼看著地，向前便跑。這時五個人都已經站在旁邊，讓出路來了。看見他們在面前走過，便恭敬的垂下雙手，同聲問道：

「您走了？您不喝茶了麼？」

「不喝了，不喝了……」伯夷和叔齊且走且說，一面不

住的點著頭。

五

「歸馬於華山之陽」和華山大王小窮奇，都使兩位義士對華山害怕，於是重新商量，轉身向北，討著飯，曉行夜宿，終於到了首陽山。

這確是一座好山。既不高，又不深，沒有大樹林，不愁虎狼，也不必防強盜：是理想的幽棲之所。兩人到山腳下一看，只見新葉嫩碧，土地金黃，野草裏開著些紅紅白白的小花，真是連看看也賞心悅目。他們就滿心高興，用拄杖點著山徑，一步一步的挨上去，找到上面突出一片石頭，好像岩洞的處所，坐了下來，一面擦著汗，一面喘著氣。

這時候，太陽已經西沉，倦鳥歸林，啾啾唧唧的叫著，

沒有上山時候那麼清靜了，但他們倒覺得也還新鮮，有趣。在鋪好羊皮袍，準備就睡之前，叔齊取出兩個大飯團，和伯夷吃了一飽。這是沿路討來的殘飯，因為兩人曾經議定，「不食周粟」，只好進了首陽山之後開始實行，所以當晚把它吃完，從明天起，就要堅守主義，絕不通融了。

他們一早就被烏老鴉鬧醒，後來重又睡去，醒來卻已是上午時分。伯夷說腰痛腿酸，簡直站不起；叔齊只得獨自去走走，看可有可吃的東西。他走了一些時，竟發見這山的不高不深，沒有虎狼盜賊，固然是其所長，然而因此也有了缺點：下面就是首陽村，所以不但常有砍柴的老人或女人，並且有進來玩耍的孩子，可吃的野果子之類，一顆也找不出，大約早被他們摘去了。

他自然就想到茯苓。但山上雖然有松樹，卻不是古松，都好像根上未必有茯苓；即使有，自己也不帶鋤頭，沒有法

子想。接著又想到蒼朮，然而他只見過蒼朮的根，毫不知道那葉子的形狀，又不能把滿山的草都拔起來看一看，即使蒼朮生在眼前，也不能認識。心裏一暴躁，滿臉發熱，就亂抓了一通頭皮。

但是他立刻平靜了，似乎有了主意，接著就走到松樹旁邊，摘了一衣兜的松針，又往溪邊尋了兩塊石頭，砸下松針外面的青皮，洗過，又細細的砸得好像面餅，另尋一片很薄的石片，拿著回到石洞去了。

「三弟，有什麼撈兒沒有？我是肚子餓的咕嚕咕嚕響了好半天了。」伯夷一望見他，就問。

「大哥，什麼也沒有。試試這玩意兒罷。」

他就近拾了兩塊石頭，支起石片來，放上松針面，聚些枯枝，在下面生了火。實在是許多工夫，才聽得濕的松針面有些吱吱作響，可也發出一點清香，引得他們倆咽口水。叔

齊高興得微笑起來了，這是姜太公做八十五歲生日的時候，他去拜壽，在壽筵上聽來的方法。

發香之後，就發泡，眼見它漸漸的乾下去，正是一塊糕。叔齊用皮袍袖子裹著手，把石片笑嘻嘻的端到伯夷的面前。伯夷一面吹，一面拗，終於拗下一角來，連忙塞進嘴裏去。

他愈嚼，就愈皺眉，直著脖子咽了幾咽，倒哇的一聲吐出來了，訴苦似的看著叔齊道：「苦……粗……」

這時候，叔齊真好像落在深潭裏，什麼希望也沒有了。抖抖的也拗了一角，咀嚼起來，可真也毫沒有可吃的樣子：苦……粗……

叔齊一下子失了銳氣，坐倒了，垂了頭。然而還在想，掙扎的想，彷彿是在爬出一個深潭去。爬著爬著，只向前。終於似乎自己變了孩子，還是孤竹君的世子，坐在保姆的膝

上了。這保姆是鄉下人，在和他講故事：黃帝打蚩尤，大禹捉無支祁，還有鄉下人荒年吃薇菜。

他又記得了自己問過薇菜的樣子，而且山上正見過這東西。他忽然覺得有了氣力，立刻站起身，跨進草叢，一路尋過去。

果然，這東西倒不算少，走不到一里路，就摘了半衣兜。

他還是在溪水裏洗了一洗，這才拿回來；還是用那烙過松針面的石片，來烤薇菜。葉子變成暗綠，熟了。但這回再不敢先去敬他的大哥了，撮起一株來，放在自己的嘴裏，閉著眼睛，只是嚼。

「怎麼樣？」伯夷焦急的問。

「鮮的！」

兩人就笑嘻嘻的來嘗烤薇菜；伯夷多吃了兩撮，因為他

是大哥。他們從此天天採薇菜。先前是叔齊一個人去採，伯夷煮；後來伯夷覺得身體健壯了一些，也出去採了。做法也多起來：薇湯，薇羹，薇醬，清燉薇，原湯燜薇芽，生曬嫩薇葉……

然而近地的薇菜，卻漸漸的採完，雖然留著根，一時也很難生長，每天非走遠路不可了。搬了幾回家，後來還是一樣的結果。而且新住處也逐漸的難找了起來，因為既要薇菜多，又要溪水近，這樣的便當之處，在首陽山上實在也不可多得的。叔齊怕伯夷年紀太大了，一不小心會中風，便竭力勸他安坐在家裏，仍舊單是擔任煮，讓自己獨自去採薇。

伯夷遜讓了一番之後，倒也應允了，從此就較為安閒自在，然而首陽山上是有人跡的，他沒事做，脾氣又有些改變，從沉默成了多話，便不免和孩子去搭訕，和樵夫去扳談。也許是因為一時高興，或者有人叫他老乞丐的緣故罷，他竟說出了他們倆原是遼西的孤竹君的兒子，他老大，那一個是老三。父親在日原是說要傳位給老三的，一到死後，老三卻一定向他讓。他遵父命，省得麻煩，逃走了。不料老三也逃走了。兩人在路上遇見，便一同來找西伯——文王，進了養老堂。又不料現在的周王竟「以臣弒君」起來，所以只好不食周粟，逃上首陽山，吃野菜活命……等到叔齊知道，怪他多嘴的時候，已經傳播開去，沒法挽救了。但也不敢怎麼埋怨他；只在心裏想：父親不肯把位傳給他，可也不能不說很有些眼力。

叔齊的預料也並不錯：這結果壞得很，不但村裏時常講到他們的事，也常有特地上山來看他們的人。有的當他們名人，有的當他們怪物，有的當他們古董。甚至於跟著看怎樣採，圍著看怎樣吃，指手畫腳，問長問短，令人頭昏。而且對付還須謙虛，倘使略不小心，皺一皺眉，就難免有人說是

「發脾氣」。

不過輿論還是好的方面多。後來連小姐太太，也有幾個人來看了，回家去都搖頭，說是「不好看」，上了一個大當。

終於還引動了首陽村的第一等高人小丙君。他原是妲己的舅公的乾女婿，做著祭酒，因為知道天命有歸，便帶著五十車行李和八百個奴婢，來投明主了。可惜已在會師盟津的前幾天，兵馬事忙，來不及好好的安插，便留下他四十車貨物和七百五十個奴婢，另外給予兩頃首陽山下的肥田，叫他在村裏研究八卦學。他也喜歡弄文學，村中都是文盲，不懂得文學概論，氣悶已久，便叫家丁打轎，找那兩個老頭子，談談文學去了；尤其是詩歌，因為他也是詩人，已經做好一本詩集子。

然而談過之後，他一上轎就搖頭，回了家，竟至於很有

些氣憤。他以為那兩個傢伙是談不來詩歌的。第一、是窮：謀生之不暇，怎麼做得出好詩？第二、是「有所為」，失了詩的「敦厚」；第三、是有議論，失了詩的「溫柔」。尤其可議的是他們的品格，通體都是矛盾。於是他大義凜然的斬釘截鐵的說道：「『普天之下，莫非王土』，難道他們在吃的薇，不是我們聖上的嗎！」

這時候，伯夷和叔齊也在一天一天的瘦下去了。這並非為了忙於應酬，因為參觀者倒在逐漸的減少。所苦的是薇菜也已經逐漸的減少，每天要找一捧，總得費許多力，走許多路。

然而禍不單行。掉在井裏面的時候，上面偏又來了一塊大石頭。

有一天，他們倆正在吃烤薇菜，不容易找，所以這午餐已在下午了。忽然走來了一個二十來歲的女人，先前是沒有

見過的，看她模樣，好像是闊人家裏的婢女。

「您吃飯嗎？」她問。

叔齊仰起臉來，連忙陪笑，點點頭。

「這是什麼玩意兒呀？」她又問。

「薇。」伯夷說。

「怎麼吃著這樣的玩意兒的呀？」

「因為我們是不食周粟……」伯夷剛剛說出口，叔齊趕緊使一個眼色，但那女人好像聰明得很，已經懂得了。她冷笑了一下，於是大義凜然的斬釘截鐵的說道：「『普天之下，莫非王土』，你們在吃的薇，難道不是我們聖上的嗎！」

伯夷和叔齊聽得清清楚楚，到了末一句，就好像一個大霹靂，震得他們發昏；待到清醒過來，那鴉頭已經不見了。薇，自然是不吃，也吃不下去了，而且連看看也害羞，連要

去搬開它，也抬不起手來，覺得彷彿有好幾百斤重。

六

樵夫偶然發見了伯夷和叔齊都縮做一團，死在山背後的石洞裏，是大約這之後的二十天。並沒有爛，雖然因為瘦，但也可見死的並不久；老羊皮袍卻沒有墊著，不知道弄到那裏去了。這消息一傳到村子裏，又哄動了一大批來看的人，來來往往，一直鬧到夜。結果是有幾個多事的人，就地用黃土把他們埋起來，還商量立一塊石碑，刻上幾個字，給後來好做古跡。

然而合村裏沒有人能寫字，只好去求小丙君。

然而小丙君不肯寫。「他們不配我來寫，」他說。「都是昏蛋。跑到養老堂裏來，倒也罷了，可又不肯超然；跑到

首陽山裏來，倒也罷了，可是還要做詩；做詩倒也罷了，可是還要發感慨，不肯安分守己，『為藝術而藝術』。你瞧，這樣的詩，可是有永久性的：

『上那西山呀採它的薇菜，
強盜來代強盜呀不知道這的不對。
神農虞夏一下子過去了，我又那裏去呢？
唉唉死罷，命裏註定的晦氣！』

「你瞧，這是什麼話？溫柔敦厚的才是詩。他們的東西，卻不但『怨』，簡直『罵』了。沒有花，只有刺，尚且不可，何況只有罵。即使放開文學不談，他們撇下祖業，也不是什麼孝子，到這裏又譏訕朝政，更不像一個良民……我不寫！……」

文盲們不大懂得他的議論，但看見聲勢洶洶，知道一定是反對的意思，也只好作罷了。

伯夷和叔齊的喪事，就這樣的算是告了一段落。

然而夏夜納涼的時候，有時還談起他們的事情來。有人說是老死的，有人說是病死的，有人說是給搶羊皮袍子的強盜殺死的。後來又有人說其實恐怕是故意餓死的，因為他從小丙君府上的鴉頭阿金姐那裏聽來：這之前的十多天，她曾經上山去奚落他們了幾句，傻瓜總是脾氣大，大約就生氣了，絕了食撒賴，可是撒賴只落得一個自己死。

於是許多人就非常佩服阿金姐，說她很聰明，但也有些人怪她太刻薄。阿金姐卻並不以為伯夷叔齊的死掉，是和她有關係的。自然，她上山去開了幾句玩笑，是事實，不過這僅僅是玩笑。那兩個傻瓜發脾氣，因此不吃薇菜了，也是事實，不過並沒有死，倒招來了很大的運氣。

「老天爺的心腸是頂好的，」她說。「他看見他們的撒賴，快要餓死了，就吩咐母鹿，用它的奶去餵他們。您瞧，

這不是頂好的福氣嗎？用不著種地，用不著砍柴，只要坐著，就天天有鹿奶自己送到你嘴裏來。可是賤骨頭不識抬舉，那老三，他叫什麼呀，得步進步，喝鹿奶還不夠了。他喝著鹿奶，心裏想，『這鹿有這麼胖，殺它來吃，味道一定是不壞的。』一面就慢慢的伸開臂膊，要去拿石片。可不知道鹿是通靈的東西，它已經知道了人的心思，立刻一溜煙逃走了。老天爺也討厭他們的貪嘴，叫母鹿從此不要去。您瞧，他們還不只好餓死嗎？那裏是為了我的話，倒是為了自己的貪心，貪嘴呵！……」

聽到這故事的人們，臨末都深深的歎一口氣，不知怎的，連自己的肩膀也覺得輕鬆不少了。即使有時還會想起伯夷叔齊來，但恍恍忽忽，好像看見他們蹲在石壁下，正在張開白鬍子的大口，拚命的吃鹿肉。

一九三五年十二月作

名家・解讀

《採薇》中借了那兩個「不食周粟」而終於餓死在首陽山上的迂腐的老人的傳說，對現實中的盲目的正統觀念者予以嘲笑。

作品表現了伯夷和叔齊的思想糊塗，顯示出他們那非常狹隘的正統觀念以及消極抵抗的舉動，實質上仍然是奴才思想的一種表現，這就使他們顯得迂腐而又可憐，終於只能得到被人嘲弄的結局。作為他們的對照的，是那個毫無氣節，高唱「溫柔敦厚才是詩」、「為藝術而藝術」的無恥文人小丙君的醜惡形象，現實中的那些自命清高地打著「為藝術而藝術」旗幟，實際上卻厚顏無恥向統治者賣身投靠的文士們，他們正像使人唾棄的小丙君一樣，企圖狂妄粗暴地罵倒一切人，以達到向弱小者作威作福的目的……

他們「為藝術而藝術」的目的，就是要使一切人都像「良民」似的毫無怨言地被統治著，他們所痛恨的正是「譏訕朝政」，「不像良民」，他們的「為虎作倀」的反動本質是掩在「清高」、「超然」一類美名之下的。

——李桑牧《卓越的諷刺文學——〈故事新編〉》

鑄劍

一

眉間尺剛和他的母親睡下，老鼠便出來咬鍋蓋，使他聽得發煩。他輕輕地叱了幾聲，最初還有些效驗，後來是簡直不理他了，格支格支地逕自咬。他又不敢大聲趕，怕驚醒了白天做得勞乏，晚上一躺就睡著了的母親。

許多時光之後，平靜了；他也想睡去。忽然，撲通一聲，驚得他又睜開眼。同時聽到沙沙地響，是爪子抓著瓦器

的聲音。

「好！該死！」他想著，心裏非常高興，一面就輕輕地坐起來。

他跨下床，借著月光走向門背後，摸到鑽火傢伙，點上松明，向水甕裏一照。果然，一匹很大的老鼠落在那裏面了；但是，存水已經不多，爬不出來，只沿著水甕內壁，抓著，團團地轉圈子。

「活該！」他一想到夜夜咬傢俱，鬧得他不能安穩睡覺的便是它們，很覺得暢快。他將松明插在土牆的小孔裏，賞玩著；然而那圓睜的小眼睛，又使他發生了憎恨，伸手抽出一根蘆柴，將它直按到水底去。過了一會，才放手，那老鼠也隨著浮了上來，還是抓著甕壁轉圈子。只是抓勁已經沒有先前似的有力，眼睛也淹在水裏面，單露出一點尖尖的通紅的小鼻子，咻咻地急促地喘氣。

他近來很有點不大喜歡紅鼻子的人。但這回見了這尖尖的小紅鼻子，卻忽然覺得它可憐了，就又用那蘆柴，伸到它的肚下去，老鼠抓著，歇了一回力，便沿著蘆幹爬了上來。待到他看見全身，——濕淋淋的黑毛，大的肚子，蚯蚓似的尾巴，——便又覺得可恨可憎得很，慌忙將蘆柴一抖，撲通一聲，老鼠又落在水甕裏，他接著就用蘆柴在它頭上搗了幾下，叫它趕快沉下去。

換了六回松明之後，那老鼠已經不能動彈，不過沉浮在水中間，有時還向水面微微一跳。眉間尺又覺得很可憐，隨即折斷蘆柴，好容易將它夾了出來，放在地面上。老鼠先是絲毫不動，後來才有一點呼吸；又許多時，四隻腳運動了，一翻身，似乎要站起來逃走。這使眉間尺大吃一驚，不覺提起左腳，一腳踏下去。只聽得吱的一聲，他蹲下去仔細看時，只見口角上微有鮮血，大概是死掉了。

他又覺得很可憐，彷彿自己作了大惡似的，非常難受。他蹲著，呆看著，站不起來。

「尺兒，你在做什麼？」他的母親已經醒來了，在床上問。

「老鼠……。」他慌忙站起，回轉身去，卻只答了兩個字。

「是的，老鼠。這我知道。可是你在做什麼？殺它呢，還是在救它？」

他沒有回答。松明燒盡了；他默默地立在暗中，漸看見月光的皎潔。

「唉！」他的母親歎息說，「一交子時，你就是十六歲了，性情還是那樣，不冷不熱地，一點也不變。看來，你的父親的仇是沒有人報的了。」

他看見他的母親坐在灰白色的月影中，彷彿身體都在顫動；低微的聲音裏，含著無限的悲哀，使他冷得毛骨悚然，而一轉眼間，又覺得熱血在全身中忽然騰沸。

「父親的仇？父親有什麼仇呢？」他前進幾步，驚急地問。

「有的。還要你去報。我早想告訴你的了；只因為你太小，沒有說。現在你已經成人了，卻還是那樣的性情。這教我怎麼辦呢？你似的性情，能行大事的麼？」

「能。說罷，母親。我要改過……。」

「自然。我也只得說。你必須改過……。那麼，走過來罷。」他走過去；他的母親端坐在床上，在暗白的月影裏，兩眼發出閃閃的光芒。

「聽哪！」她嚴肅地說，「你的父親原是一個鑄劍的名工，天下第一。他的工具，我早已都賣掉了來救了窮了，你已經看不見一點遺跡；但他是一個世上無二的鑄劍的名工。

二十年前，王妃生下了一塊鐵，聽說是抱了一回鐵柱之後受孕的，是一塊純青透明的鐵。大王知道是異寶，便決計用來鑄一把劍，想用它保國，用它殺敵，用它防身。不幸你的父親那時偏偏入了選，便將鐵捧回家裏來，日日夜夜地鍛煉，費了整三年的精神，煉成兩把劍。

「當最末次開爐的那一日，是怎樣地駭人的景象呵！嘩拉拉地騰上一道白氣的時候，地面也覺得動搖。那白氣到天半便變成白雲，罩住了這處所，漸漸現出緋紅顏色，映得一切都如桃花。我家的漆黑的爐子裏，是躺著通紅的兩把劍。你父親用井華水慢慢地滴下去，那劍嘶嘶地吼著，慢慢轉成青色了。這樣地七日七夜，就看不見了劍，仔細看時，卻還在爐底裏，純青的，透明的，正像兩條冰。

「大歡喜的光彩，便從你父親的眼睛裏四射出來；他取起劍，拂拭著，拂拭著。然而悲慘的皺紋，卻也從他的眉頭

和嘴角出現了。他將那兩把劍分裝在兩個匣子裏。

「『你只要看這幾天的景象，就明白無論是誰，都知道劍已煉就的了。』他悄悄地對我說。『一到明天，我必須去獻給大王。但獻劍的一天，也就是我命盡的日子。怕我們從此要長別了。』

「『你……。』我很駭異，猜不透他的意思，不知怎麼說的好。我只是這樣地說：『你這回有了這麼大的功勞……。』

「『唉！你怎麼知道呢！』他說。『大王是向來善於猜疑，又極殘忍的。這回我給他煉成了世間無二的劍，他一定要殺掉我，免得我再去給別人煉劍，來和他匹敵，或者超過他。』

「我掉淚了。『你不要悲哀。這是無法逃避的。眼淚決不能洗掉運命。我可是早已有準備在這裏了！』他的眼裏忽

然發出電火似的光芒，將一個劍匣放在我膝上。『這是雄劍。』他說。『你收著。明天，我只將這雌劍獻給大王去。倘若我一去竟不回來了呢，那是我一定不再在人間了。你不是開孕已經五六個月了麼？不要悲哀；待生了孩子，好好地撫養。一到成人之後，你便交給他這雄劍，教他砍在大王的頸子上，給我報仇！』」

「那天父親回來了沒有呢？」眉間尺趕緊問。

「沒有回來！」她冷靜地說。「我四處打聽，也杳無消息。後來聽得人說，第一個用血來飼你父親自己煉成的劍的人，就是他自己——你的父親。還怕他鬼魂作怪，將他的身首分埋在前門和後苑了！」

眉間尺忽然全身都如燒著猛火，自己覺得每一枝毛髮上都彷彿閃出火星來。他的雙拳，在暗中捏得格格地作響。

他的母親站起了，揭去床頭的木板，下床點了松明，到門背後取過一把鋤，交給眉間尺道：「掘下去！」眉間尺心跳著，但很沉靜的一鋤一鋤輕輕地掘下去。掘出來的都是黃土，約到五尺多深，土色有些不同了，似乎是爛掉的材木。

「看罷！要小心！」他的母親說。

眉間尺伏在掘開的洞穴旁邊，伸手下去，謹慎小心地撮開爛樹，待到指尖一冷，有如觸著冰雪的時候，那純青透明的劍也出現了。

他看清了劍靶，捏著，提了出來。

窗外的星月和屋裏的松明似乎都驟然失了光輝，惟有青光充塞宇內。那劍便溶在這青光中，看去好像一無所有。眉間尺凝神細視，這才彷彿看見長五尺餘，卻並不見得怎樣鋒利，劍口反而有些渾圓，正如一片韭葉。

「你從此要改變你優柔的性情，用這劍報仇去！」他的母親說。

「我已經改變了我的優柔的性情，要用這劍報仇去！」

「但願如此。你穿了青衣，背上這劍，衣劍一色，誰也看不分明的。衣服我已經做在這裏，明天就上你的路去罷。不要紀念我！」她向床後的破衣箱一指，說。

眉間尺取出新衣，試去一穿，長短正很合式。他便重行疊好，裹了劍，放在枕邊，沉靜地躺下。他覺得自己已經改變了優柔的性情；他決心要並無心事一般，倒頭便睡，清晨醒來，毫不改變常態，從容地去尋他不共戴天的仇讎。

但他醒著。他翻來覆去，總想坐起來。他聽到他母親的失望的輕輕的長歎。他聽到最初的雞鳴；他知道已交子時，自己是上了十六歲了。

二

當眉間尺腫著眼眶，頭也不回的跨出門外，穿著青衣，背著青劍，邁開大步，徑奔城中的時候，東方還沒有露出陽光。杉樹林的每一片葉尖，都掛著露珠，其中隱藏著夜氣。但是，待到走到樹林的那一頭，露珠裏卻閃出各樣的光輝，漸漸幻成曉色了。遠望前面，便依稀看見灰黑色的城牆和雉堞。

和挑蔥賣菜的一同混入城裏，街市上已經很熱鬧。男人們一排一排的呆站著；女人們也時時從門裏探出頭來。她們大半也腫著眼眶；蓬著頭；黃黃的臉，連脂粉也不及塗抹。

眉間尺預覺到將有巨變降臨，他們便都是焦躁而忍耐地等候著這巨變的。

他逕自向前走；一個孩子突然跑過來，幾乎碰著他背上的劍尖，使他嚇出了一身汗。轉出北方，離王宮不遠，人們就擠得密密層層，都伸著脖子。人叢中還有女人和孩子哭嚷

的聲音。他怕那看不見的雄劍傷了人，不敢擠進去；然而人們卻又在背後擁上來。他只得宛轉地退避；面前只看見人們的背脊和伸長的脖子。

忽然，前面的人們都陸續跪倒了；遠遠地有兩匹馬並著跑過來。此後是拿著木棍，戈，刀，弓弩，旌旗的武人，走得滿路黃塵滾滾。又來了一輛四匹馬拉的大車，上面坐著一隊人，有的打鐘擊鼓，有的嘴上吹著不知道叫什麼名目的勞什子。此後又是車，裏面的人都穿畫衣，不是老頭子，便是矮胖子，個個滿臉油汗。接著又是一隊拿刀槍劍戟的騎士。跪著的人們便都伏下去了。這時眉間尺正看見一輛黃蓋的大車馳來，正中坐著一個畫衣的胖子，花白鬍子，小腦袋；腰間還依稀看見佩著和他背上一樣的青劍。

他不覺全身一冷，但立刻又灼熱起來，像是猛火焚燒著。他一面伸手向肩頭捏住劍柄，一面提起腳，便從伏著的

人們的脖子的空處跨出去。

但他只走得五六步，就跌了一個倒栽蔥，因為有人突然捏住了他的一隻腳。這一跌又正壓在一個乾癟臉的少年身上；他正怕劍尖傷了他，吃驚地起來看的時候，肋下就挨了很重的兩拳。他也不暇計較，再望路上，不但黃蓋車已經走過，連擁護的騎士也過去了一大陣了。

路旁的一切人們也都爬起來。乾癟臉的少年卻還扭住了眉間尺的衣領，不肯放手，說被他壓壞了貴重的丹田，必須保險，倘若不到八十歲便死掉了，就得抵命。閒人們又即刻圍上來，呆看著，但誰也不開口；後來有人從旁笑罵了幾句，卻全是附和乾癟臉少年的。眉間尺遇到了這樣的敵人，真是怒不得，笑不得，只覺得無聊，卻又脫身不得。這樣地經過了煮熟一鍋小米的時光，眉間尺早已焦躁得渾身發火，看的人卻仍不見減，還是津津有味似的。

前面的人圈子動搖了，擠進一個黑色的人來，黑鬚黑眼睛，瘦得如鐵。他並不言語，只向眉間尺冷冷地一笑，一面舉手輕輕地一撥乾癟臉少年的下巴，並且看定了他的臉。那少年也向他看了一會，不覺慢慢地鬆了手，溜走了；那人也就溜走了；看的人們也都無聊地走散。只有幾個人還來問眉間尺的年紀，住址，家裏可有姊姊。眉間尺都不理他們。他向南走著；心裏想，城市中這麼熱鬧，容易誤傷，還不如在南門外等候他回來，給父親報仇罷，那地方是地曠人稀，實在很便於施展。這時滿城都議論著國王的遊山，儀仗，威嚴，自己得見國王的榮耀，以及俯伏得有怎麼低，應該採作國民的模範等等，很像蜜蜂的排衙。直至將近南門，這才漸漸地冷靜。

他走出城外，坐在一株大桑樹下，取出兩個饅頭來充了饑；吃著的時候忽然記起母親來，不覺眼鼻一酸，然而此後

倒也沒有什麼。周圍是一步一步地靜下去了，他至於很分明地聽到自己的呼吸。

天色愈暗，他也愈不安，盡目力望著前方，毫不見有國王回來的影子。上城賣菜的村人，一個個挑著空擔出城回家去了。

人跡絕了許久之後，忽然從城裏閃出那一個黑色的人來。

「走罷，眉間尺！國王在捉你了！」他說，聲音好像鴟鴞。

眉間尺渾身一顫，中了魔似的，立即跟著他走；後來是飛奔。他站定了喘息許多時，才明白已經到了杉樹林邊。後面遠處有銀白的條紋，是月亮已從那邊出現；前面卻僅有兩點磷火一般的那黑色人的眼光。

「你怎麼認識我？……」他極其惶駭地問。

「哈哈！我一向認識你。」那人的聲音說。「我知道你背著雄劍，要給你的父親報仇，我也知道你報不成。豈但報不成；今天已經有人告密，你的仇人早從東門還宮，下令捕拿你了。」

眉間尺不覺傷心起來。

「唉唉，母親的歎息是無怪的。」他低聲說。

「但她只知道一半。她不知道我要給你報仇。」

「你麼？你肯給我報仇麼，義士？」

「阿，你不要用這稱呼來冤枉我。」

「那麼，你同情於我們孤兒寡婦？……」

「唉，孩子，你再不要提這些受了污辱的名稱。」他嚴冷地說，「仗義，同情，那些東西，先前曾經乾淨過，現在卻都成了放鬼債的資本。我的心裏全沒有你所謂的那些。我只不過要給你報仇！」

「好。但你怎麼給我報仇呢？」

「只要你給我兩件東西。」兩粒磷火下的聲音說。「那兩件麼？你聽著：一是你的劍，二是你的頭！」

眉間尺雖然覺得奇怪，有些狐疑，卻並不吃驚。他一時開不得口。

「你不要疑心我將騙取你的性命和寶貝。」暗中的聲音又嚴冷地說。「這事全由你。你信我，我便去；你不信，我便住。」

「但你為什麼給我去報仇的呢？你認識我的父親麼？」

「我一向認識你的父親，也如一向認識你一樣。但我要報仇，卻並不為此。聰明的孩子，告訴你罷。你還不知道麼，我怎麼地善於報仇。你的就是我的；他也就是我。我的魂靈上是有這麼多的，人我所加的傷，我已經憎惡了我自己！」

暗中的聲音剛剛停止，眉間尺便舉手向肩頭抽取青色的劍，順手從後項窩向前一削，頭顱墜在地面的青苔上，一面將劍交給黑色人。

「呵呵！」他一手接劍，一手捏著頭髮，提起眉間尺的頭來，對著那熱的死掉的嘴唇，接吻兩次，並且冷冷地尖利地笑。

笑聲即刻散佈在杉樹林中，深處似著有一群磷火似的眼光閃動，倏忽臨近，聽到咻咻的餓狼的喘息。第一口撕盡了眉間尺的青衣，第二口便身體全都不見了，血痕也頃刻舔盡，只微微聽得咀嚼骨頭的聲音。

最先頭的一匹大狼就向黑色人撲過來。他用青劍一揮，狼頭便墜在地面的青苔上。別的狼們第一口撕盡了它的皮，第二口便身體全都不見了，血痕也頃刻舔盡，只微微聽得咀嚼骨頭的聲音。

他已經掣起地上的青衣，包了眉間尺的頭，和青劍都背在背脊上，回轉身，在暗中向王城揚長地走去。

狼們站定了，聳著肩，伸出舌頭，咻咻地喘著，放著綠的眼光看他揚長地走。

他在暗中向王城揚長地走去，發出尖利的聲音唱著歌：

哈哈愛兮愛乎愛乎！
愛青劍兮一個仇人自屠。
夥頤連翩兮多少一夫。
一夫愛青劍兮嗚呼不孤。
頭換頭兮兩個仇人自屠。
一夫則無兮愛乎嗚呼！
愛乎嗚呼兮嗚呼阿呼，
阿呼嗚呼兮嗚呼嗚呼！

三

遊山並不能使國王覺得有趣；加上了路上將有刺客的密報，更使他掃興而還。那夜他很生氣，說是連第九個妃子的頭髮，也沒有昨天那樣的黑得好看了。幸而她撒嬌坐在他的御膝上，特彆扭了七十多回，這才使龍眉之間的皺紋漸漸地舒展。

午後，國王一起身，就又有些不高興，待到用過午膳，簡直現出怒容來。「唉唉！無聊！」他打一個大呵欠之後，高聲說。

上自王后，下至弄臣，看見這情形，都不覺手足無措。白鬚老臣的講道，矮胖侏儒的打諢，王是早已聽厭的了；近來便是走索，緣竿，拋丸，倒立，吞刀，吐火等等奇妙的把戲，也都看得毫無意味。他常常要發怒；一發怒，便按著青劍，總想尋點小錯處，殺掉幾個人。

偷空在宮外閒遊的兩個小宦官，剛剛回來，一看見宮裏面大家的愁苦的情形，便知道又是照例的禍事臨頭了，一個嚇得面如土色；一個卻像是大有把握一般，不慌不忙，跑到國王的面前，俯伏著，說道：「奴才剛才訪得一個異人，很有異術，可以給大王解悶，因此特來奏聞。」

「什麼？！」王說。他的話是一向很短的。

「那是一個黑瘦的，乞丐似的男子。穿一身青衣，背著一個圓圓的青包裹；嘴裏唱著胡謅的歌。人問他。他說善於玩把戲，空前絕後，舉世無雙，人們從來就沒有看見過；一見之後，便即解煩釋悶，天下太平。但大家要他玩，他卻又不肯。說是第一須有一條金龍，第二須有一個金鼎。……」

「金龍？我是的。金鼎？我有。」

「奴才也正是這樣想。……」

「傳進來！」

話聲未絕，四個武士便跟著那小宦官疾趨而出。上自王后，下至弄臣，個個喜形於色。他們都願意這把戲玩得解愁釋悶，天下太平；即使玩不成，這回也有了那乞丐似的黑瘦男子來受禍，他們只要能挨到傳了進來的時候就好了。

並不要許多工夫，就望見六個人向金階趨進。先頭是宦官，後面是四個武士，中間夾著一個黑色人。待到近來時，那人的衣服卻是青的，鬚眉頭髮都黑；瘦得顴骨，眼圈骨，眉棱骨都高高地突出來。他恭敬地跪著俯伏下去時，果然看見背上有一個圓圓的小包袱，青色布，上面還畫上一些暗紅色的花紋。

「奏來！」王暴躁地說。他見他傢伙簡單，以為他未必會玩什麼好把戲。

「臣名叫宴之敖者；生長汶汶鄉。少無職業；晚遇明

師，教臣把戲，是一個孩子的頭。這把戲一個人玩不起來，必須在金龍之前，擺一個金鼎，注滿清水，用獸炭煎熬。於是放下孩子的頭去，一到水沸，這頭便隨波上下，跳舞百端，且發妙音，歡喜歌唱。這歌舞為一人所見，便解愁釋悶，為萬民所見，便天下太平。」

「玩來！」王大聲命令說。

並不要許多工夫，一個煮牛的大金鼎便擺在殿外，注滿水，下面堆了獸炭，點起火來。那黑色人站在旁邊，見炭火一紅，便解下包袱，打開，兩手捧出孩子的頭來，高高舉起。那頭是秀眉長眼，皓齒紅唇；臉帶笑容；頭髮蓬鬆，正如青煙一陣。黑色人捧著向四面轉了一圈，便伸手擎到鼎上，動著嘴唇說了幾句不知什麼話，隨即將手一鬆，只聽得撲通一聲，墜入水中去了。水花同時濺起，足有五尺多高，此後是一切平靜。

許多工夫，還無動靜。國王首先暴躁起來，接著是王后和妃子，大臣，宦官們也都有些焦急，矮胖的侏儒們則已經開始冷笑了。王一見他們的冷笑，便覺自己受愚，回顧武士，想命令他們就將那欺君的莠民擲入牛鼎裏去煮殺。

但同時就聽得水沸聲；炭火也正旺，映著那黑色人變成紅黑，如鐵的燒到微紅。王剛又回過臉來，他也已經伸起兩手向天，眼光向著無物，舞蹈著，忽地發出尖利的聲音唱起歌來：

哈哈愛兮愛乎愛乎！
愛兮血兮兮誰乎獨無。
民萌冥行兮一夫壺盧。
彼用百頭顱，千頭顱兮用萬頭顱！
我用一頭顱兮而無萬夫。

愛一頭顱兮血乎嗚呼！
血乎嗚呼兮嗚呼阿呼，
阿呼嗚呼兮嗚呼嗚呼！

隨著歌聲，水就從鼎口湧起，上尖下廣，像一座小山，但自水尖至鼎底，不住地迴旋運動。那頭即隨水上上下下，轉著圈子，一面又滴溜溜自己翻筋斗，人們還可以隱約看見他玩得高興的笑容。過了些時，突然變了逆水的游泳，打鏇子夾著穿梭，激得水花向四面飛濺，滿庭灑下一陣熱雨來。一個侏儒忽然叫了一聲，用手摸著自己的鼻子。他不幸被熱水燙了一下，又不耐痛，終於免不得出聲叫苦了。

黑色人的歌聲才停，那頭也就在水中央停住，面向王殿，顏色轉成端莊。這樣的有十餘瞬息之久，才慢慢地上下抖動；從抖動加速而為起伏的游泳，但不很快，態度很雍

容。繞著水邊一高一低地遊了三匝，忽然睜大眼睛，漆黑的眼珠顯得格外精采，同時也開口唱起歌來：

王澤流兮浩洋洋；
克服怨敵，怨敵克服兮，赫兮強！
宇宙有窮止兮萬壽無疆。
幸我來也兮青其光！
青其光兮永不相忘。
異處異處兮堂哉皇！
堂哉皇哉兮噯噯唷，
嗟來歸來，嗟來陪來兮青其光！

頭忽然升到水的尖端停住；翻了幾個筋斗之後，上下升降起來，眼珠向著左右瞥視，十分秀媚，嘴裏仍然唱著歌：

阿呼嗚呼兮嗚呼嗚呼，
愛乎嗚呼兮嗚呼阿呼！
血一頭顱兮愛乎嗚呼。
我用一頭顱兮而無萬夫！
彼用百頭顱，千頭顱……

唱到這裏，是沉下去的時候，但不再浮上來了；歌詞也不能辨別。湧起的水，也隨著歌聲的微弱，漸漸低落，像退潮一般，終至到鼎口以下，在遠處什麼也看不見。

「怎了？」等了一會，王不耐煩地問。

「大王，」那黑色人半跪著說。「他正在鼎底裏作最神奇的團圓舞，不臨近是看不見的。臣也沒有法術使他上來，因為作團圓舞必須在鼎底裏。」

王站起身，跨下金階，冒著炎熱立在鼎邊，探頭去看。

只見水準如鏡，那頭仰面躺在水中間，兩眼正看著他的臉。待到王的眼光射到他臉上時，他便嫣然一笑。這一笑使王覺得似曾相識，卻又一時記不起是誰來。剛在驚疑，黑色人已經掣出了背著的青色的劍，只一揮，閃電般從後項窩直劈下去，撲通一聲，王的頭就落在鼎裏了。

仇人相見，本來格外眼明，況且是相逢狹路。王頭剛到水面，眉間尺的頭便迎上來，狠命在他耳輪上咬了一口。鼎水即刻沸湧，澎湃有聲；兩頭即在水中死戰。約有二十回合，王頭受了五個傷，眉間尺的頭上卻有七處。王又狡猾，總是設法繞到他的敵人的後面去。眉間尺偶一疏忽，終於被他咬住了後項窩，無法轉身。這一回王的頭可是咬定不放了，他只是連連蠶食進去；連鼎外面也彷彿聽到孩子的失聲叫痛的聲音。

上自王后，下至弄臣，駭得凝結著的神色也應聲活動起

來，似乎感到暗無天日的悲哀，皮膚上都一粒一粒地起慄；然而又夾著秘密的歡喜，瞪了眼，像是等候著什麼似的。

黑色人也彷彿有些驚慌，但是面不改色。他從從容容地伸開那捏著看不見的青劍的臂膊，如一段枯枝；伸長頸子，如在細看鼎底。臂膊忽然一彎，青劍便驀地從他後面劈下，劍到頭落，墜入鼎中，的一聲，雪白的水花向著空中同時四射。

他的頭一入水，即刻直奔王頭，一口咬住了王的鼻子，幾乎要咬下來。王忍不住叫一聲「阿唷」，將嘴一張，眉間尺的頭就乘機掙脫了，一轉臉倒將王的下巴下死勁咬住。他們不但都不放，還用全力上下一撕，撕得王頭再也合不上嘴。於是他們就如餓雞啄米一般，一頓亂咬，咬得王頭眼歪鼻塌，滿臉鱗傷。先前還會在鼎裏面四處亂滾，後來只能躺著呻吟，到底是一聲不響，只有出氣，沒有進氣了。

黑色人和眉間尺的頭也慢慢地住了嘴，離開王頭，沿鼎壁游了一匝，看他可是裝死還是真死。待到知道了王頭確已斷氣，便四目相視，微微一笑，隨即合上眼睛，仰面向天，沉到水底裏去了。

四

煙消火滅；水波不興。特別的寂靜倒使殿上殿下的人們警醒。他們中的一個首先叫了一聲，大家也立刻迭連驚叫起來；一個邁開腿向金鼎走去，大家便爭先恐後地擁上去了。有擠在後面的，只能從人脖子的空隙間向裏面窺探。

熱氣還炙得人臉上發燒。鼎裏的水卻一平如鏡，上面浮著一層油，照出許多人臉孔：王后，王妃，武士，老臣，侏儒，太監。……

「阿呀，天哪！咱們大王的頭還在裏面哪，！」第六個妃子忽然發狂似的哭嚷起來。

上自王后，下至弄臣，也都恍然大悟，倉皇散開，急得手足無措，各自轉了四五個圈子。一個最有謀略的老臣獨又上前，伸手向鼎邊一摸，然而渾身一抖，立刻縮了回來，伸出兩個指頭，放在口邊吹個不住。

大家定了定神，便在殿門外商議打撈辦法。約略費去了煮熟三鍋小米的工夫，總算得到一種結果，是：到大廚房去調集了鐵絲勺子，命武士協力撈起來。

器具不久就調集了，鐵絲勺，漏勺，金盤，擦桌布，都放在鼎旁邊。武士們便揎起衣袖，有用鐵絲勺的，有用漏勺的，一齊恭行打撈。有勺子相觸的聲音，有勺子刮著金鼎的聲音；水是隨著勺子的攪動而旋繞著。好一會，一個武士的臉色忽而很端莊了，極小心地兩手慢慢舉起了勺子，水滴從

勺孔中珠子一般漏下，勺裏面便顯出雪白的頭骨來。大家驚叫了一聲；他便將頭骨倒在金盤裏。

「阿呀！我的大王呀！」王后，妃子，老臣，以至太監之類，都放聲哭起來。但不久就陸續停止了，因為武士又撈起了一個同樣的頭骨。

他們淚眼模糊地四顧，只見武士們滿臉油汗，還在打撈。此後撈出來的是一團糟的白頭髮和黑頭髮；還有幾勺很短的東西，似乎是白鬍鬚和黑鬍鬚。此後又是一個頭骨。此後是三枝簪。

直到鼎裏面只剩下清湯，才始住手；將撈出的物件分盛了三金盤：一盤頭骨，一盤鬚髮，一盤簪。

「咱們大王只有一個頭。那一個是咱們大王的呢？」第九個妃子焦急地問。

「是呵……。」老臣們都面面相覷。

「如果皮肉沒有煮爛，那就容易辨別了。」一個侏儒跪著說。

大家只得平心靜氣，去細看那頭骨，但是黑白大小，都差不多，連那孩子的頭，也無從分辨。王后說王的右額上有一個疤，是做太子時候跌傷的，怕骨上也有痕跡。果然，侏儒在一個頭骨上發見了：大家正在歡喜的時候，另外的一個侏儒卻又在較黃的頭骨的右額上看出相仿的瘢痕來。

「我有法子。」第三個王妃得意地說，「咱們大王的龍準是很高的。」

太監們即刻動手研究鼻準骨，有一個確也似乎比較地高，但究竟相差無幾；最可惜的是右額上卻並無跌傷的瘢痕。

「況且，」老臣們向太監說，「大王的後枕骨是這麼尖的麼？」

「奴才們向來就沒有留心看過大王的後枕骨……。」王后和妃子們也各自回想起來，有的說是尖的，有的說是平的。叫梳頭太監來問的時候，卻一句話也不說。

當夜便開了一個王公大臣會議，想決定那一個是王的頭，但結果還同白天一樣。並且連鬚髮也發生了問題。白的自然是王的，然而因為花白，所以黑的也很難處置。討論了小半夜，只將幾根紅色的鬍子選出；接著因為第九個王妃抗議，說她確曾看見王有幾根通黃的鬍子，現在怎麼能知道決沒有一根紅的呢。於是也只好重行歸併，作為疑案了。

到後半夜，還是毫無結果。大家卻居然一面打呵欠，一面繼續討論，直到第二次雞鳴，這才決定了一個最慎重妥善的辦法，是：只能將三個頭骨都和王的身體，放在金棺裏落葬。

七天之後是落葬的日期，合城很熱鬧。城裏的人民，遠處的人民，都奔來瞻仰國王的「大出喪」。天一亮，道上已經擠滿了男男女女；中間還夾著許多祭桌。待到上午，清道的騎士才緩轡而來。又過了不少工夫，才看見儀仗，什麼旌旗，木棍，戈戟，弓弩，黃鉞之類；此後是四輛鼓吹車。再後面是黃蓋隨著路的不平而起伏著，並且漸漸近來了，於是現出靈車，上載金棺，棺裏面藏著三個頭和一個身體。

百姓都跪下去，祭桌便一列一列地在人叢中出現。幾個義民很忠憤，咽著淚，怕那兩個大逆不道的逆賊的魂靈，此時也和王一同享受祭禮，然而也無法可施。

此後是王后和許多王妃的車。百姓看她們，她們也看百姓，但哭著。此後是大臣，太監，侏儒等輩，都裝著哀戚的顏色。只是百姓已經不看他們，連行列也擠得亂七八糟，不成樣子了。

一九二六年十月作

名家・解讀

這篇小說原題《眉間尺》；收在以「神話、傳說及史實的演義」為內容的短篇小說集《故事新編》中。

主人公眉間尺的父親奉命給楚王鑄劍，歷經三年鑄成兩把劍：一雌，一雄。他知道楚王一定要殺他，所以只獻了雌劍，卻把雄劍留下。他對夫人說：「孩子成人以後，教他給我報仇。」眉間尺便帶著雄劍，告別母親，去王宮刺楚王。誰知楚王在夢中得悉了詳情，於是按夢中的眉間尺的形象張榜通緝，逼得眉間尺只好逃往深林。眉間尺正怨歎間，遇見一黑色人，他聲稱認得眉間尺並知道他的隱情，說只要眉間尺把自己的頭和劍給他，他便可以為眉間尺報仇。眉間尺慨

然應允，立即割下自己的頭，用雙手捧著，連同劍都交給黑色人。黑色人用眉間尺的頭玩把戲，騙得楚王的信任，終於殺了楚王，自己也自刎。

小說借眉間尺為父報仇的故事，表達了受害者一定要復仇的主題。小說著力刻畫了兩個人物：眉間尺和黑色人。小說開頭通過眉間尺對待一隻老鼠的細節，寫出了他優柔寡斷和入世不深的心理性格，而這種「性情」是難以復仇的。在母親的教誨下，在血的事實面前，眉間尺「改過」了，清醒了，為仇恨所燃燒，「他的雙拳，在暗中捏得格格地作響」。所以一旦得悉黑色人能夠為他報仇雪恨，他就毫不猶豫地奉獻了自己的生命。這是一個在壓迫和仇恨中成長起來的復仇者的形象。黑色人充滿著神秘色彩，他沉著，智慧，果決，堅定。在烹鼎中，眼看老奸巨滑的「王頭」就要得勝，他便立即割下自己的頭，參加了對「王頭」的鬥爭，終

於反敗為勝。這是一個帶有理想色彩的大智大勇的復仇者形象。聯繫一九二六年前後中國人民所遭受的壓迫，小說題旨的積極意義就十分清楚了。

——夏明釗《中國現代文學名著題解》

出關

老子毫無動靜的坐著，好像一段呆木頭。

「先生，孔丘又來了！」他的學生庚桑楚，不耐煩似的走進來，輕輕的說。

「請……」

「先生，您好嗎？」孔子極恭敬的行著禮，一面說。

「我總是這樣子，」老子答道。「您怎麼樣？所有這裏的藏書，都看過了罷？」

「都看過了。不過……」孔子很有些焦躁模樣，這是

他從來所沒有的。「我研究《詩》，《書》，《禮》，《樂》，《易》，《春秋》六經，自以為很長久了，夠熟透了。去拜見了七十二位主子，誰也不採用。人可真是難得說明白呵。還是『道』的難以說明白呢？」

「你還算運氣的哩，」老子說，「沒有遇著能幹的主子。六經這玩藝兒，只是先王的陳跡呀。那裏是弄出跡來的東西呢？你的話，可是和跡一樣的。跡是鞋子踏成的，但跡難道就是鞋子嗎？」停了一會，又接著說道：「白鶂們只要瞧著，眼珠子動也不動，然而自然有孕；蟲呢，雄的在上風叫，雌的在下風應，自然有孕；類是一身上兼具雌雄的，所以自然有孕。性，是不能改的；命，是不能換的；時，是不能留的；道，是不能塞的。只要得了道，什麼都行，可是如果失掉了，那就什麼都不行。」

孔子好像受了當頭一棒，亡魂失魄的坐著，恰如一段呆木頭。

大約過了八分鐘，他深深的倒抽了一口氣，就起身要告辭，一面照例很客氣的致謝著老子的教訓。

老子也並不挽留他，站起來扶著拄杖，一直送他到圖書館的大門外。孔子就要上車了，他才留聲機似的說道：

「您走了？您不喝點兒茶去嗎？……」

孔子答應著「是是」，上了車，拱著兩隻手極恭敬的靠在橫板上；冉有把鞭子在空中一揮，嘴裏喊一聲「都」，車子就走動了。待到車子離開了大門十幾步，老子才回進自己的屋裏去。

「先生今天好像很高興，」庚桑楚看老子坐定了，才站在旁邊，垂著手，說。「話說的很不少……」

「你說的對。」老子微微的歎一口氣，有些頹唐似的回答道。「我的話真也說的太多了。」他又彷彿突然記起一件事情來，「哦，孔丘送我的一隻雁鵝，不是曬了臘鵝了嗎？你蒸蒸吃去罷。我橫豎沒有牙齒，咬不動。」

庚桑楚出去了。老子就又靜下來，合了眼。圖書館裏很寂靜。只聽得竹竿子碰著屋簷響，這是庚桑楚在取掛在簷下的臘鵝。

一過就是三個月。老子仍舊毫無動靜的坐著，好像一段呆木頭。

「先生，孔丘來了哩！」他的學生庚桑楚，詫異似的走進來，輕輕的說。「他不是長久沒來了嗎？這的來，不知道是怎的？……」

「請……」老子照例只說了這一個字。

「先生，您好嗎？」孔子極恭敬的行著禮，一面說。

「我總是這樣子，」老子答道。「長久不看見了，一定是躲在寓裏用功罷？」

「那裏那裏，」孔子謙虛的說。「沒有出門，在想著。想通了一點：鴉鵲親嘴；魚兒塗口水；細腰蜂兒化別個；開了弟弟，做哥哥的就哭。我自己久不投在變化裏了，這怎麼能夠變化別人呢！……」

「對對！」老子道。「您想通了！」

大家都從此沒有話，好像兩段呆木頭。

大約過了八分鐘，孔子這才深深的呼出了一口氣，就起身要告辭，一面照例很客氣的致謝著老子的教訓。

老子也並不挽留他。站起來扶著拄杖，一直送他到圖書館的大門外。孔子就要上車了，他才留聲機似的說道：

「您走了？您不喝點兒茶去嗎？……」

孔子答應著「是是」，上了車，拱著兩隻手極恭敬的靠在橫板上；冉有把鞭子在空中一揮，嘴裏喊一聲「都」，車

子就走動了。待到車子離開了大門十幾步，老子才回進自己的屋裏去。

「先生今天好像不大高興，」庚桑楚看老子坐定了，才站在旁邊，垂著手，說。「話說的很少……」

「你說的對。」老子微微的歎一口氣，有些頹唐的回答道。「可是你不知道：我看我應該走了。」

「這為什麼呢？」庚桑楚大吃一驚，好像遇著了晴天的霹靂。

「孔丘已經懂得了我的意思。他知道能夠明白他的底細的，只有我，一定放心不下。我不走，是不大方便的……」

「那麼，不正是同道了嗎？還走什麼呢？」

「不，」老子擺一擺手，「我們還是道不同。譬如同是一雙鞋子罷，我的是走流沙，他的是上朝廷的。」

「但您究竟是他的先生呵！」

「你在我這裏學了這許多年，還是這麼老實，」老子笑了起來，「這真是性不能改，命不能換了。你要知道孔丘和你不同：他以後就不再來，也再不叫我先生，只叫我老頭子，背地裏還要玩花樣了呀。」

「我真想不到。但先生的看人是不會錯的……」

「不，開頭也常常看錯。」

「那麼，」庚桑楚想了一想，「我們就和他幹一下……」

老子又笑了起來，向庚桑楚張開嘴：

「你看：我牙齒還有嗎？」他問。

「沒有了。」庚桑楚回答說。

「舌頭還在嗎？」

「在的。」

「懂了沒有？」

「先生的意思是說：硬的早掉，軟的卻在嗎？」

「你說的對。我看你也還不如收拾收拾，回家看看你的老婆去罷。但先給我的那匹青牛刷一下，鞍韉曬一下。我明天一早就要騎的。」

老子到了函谷關，沒有直走通到關口的大道，卻把青牛一勒，轉入岔路，在城根下慢慢的繞著。他想爬城。城牆倒並不高，只要站在牛背上，將身一聳，是勉強爬得上的；但是青牛留在城裏，卻沒法搬出城外去。倘要搬，得用起重機，無奈這時魯般和墨翟還都沒有出世，老子自己也想不到會有這玩意。總而言之：他用盡哲學的腦筋，只是一個沒有法。

然而他更料不到當他彎進岔路的時候，已經給探子望見，立刻去報告了關官。所以繞不到七八丈路，一群人馬就從後面追來了。那個探子躍馬當先，其次是關官，就是關尹喜，還帶著四個巡警和兩個籤子手。

「站住！」幾個人大叫著。

老子連忙勒住青牛，自己是一動也不動，好像一段呆木頭。

「阿呀！」關官一衝上前，看見了老子的臉，就驚叫了一聲，即刻滾鞍下馬，打著拱，說道：「我道是誰，原來是老聃館長。這真是萬想不到的。」

老子也趕緊爬下牛背來，細著眼睛，看了那人一看，含含糊胡的說：「我記性壞……」

「自然，自然，先生是忘記了的。我是關尹喜，先前因為上圖書館去查《稅收精義》，曾經拜訪過先生……」

這時籤子手便翻了一通青牛上的鞍韉，又用籤子刺一個洞，伸進指頭去掏了一下，一聲不響，橛著嘴走開了。

「先生在城圈邊溜溜？」關尹喜問。

「不，我想出去，換換新鮮空氣……」

「那很好！那好極了！現在誰都講衛生，衛生是頂要緊的。不過機會難得，我們要請先生到關上去住幾天，聽聽先生的教訓……」

老子還沒有回答，四個巡警就一擁上前，把他扛在牛背上，籤子手用籤子在牛屁股上刺了一下，牛把尾巴一捲，就放開腳步，一同向關口跑去了。

到得關上，立刻開了大廳來招待他。這大廳就是城樓的中一間，臨窗一望，只見外面全是黃土的平原，愈遠愈低；天色蒼蒼，真是好空氣。這雄關就高踞峻阪之上，門外左右全是土坡，中間一條車道，好像在峭壁之間。實在是只要一丸泥就可以封住的。

大家喝過開水，再吃餑餑。讓老子休息一會之後，關尹

喜就提議要他講學了。老子早知道這是免不掉的，就滿口答應。於是轟轟了一陣，屋裏逐漸坐滿了聽講的人們。同來的八人之外，還有四個巡警，兩個籤子手，五個探子，一個書記，帳房和廚房。有幾個還帶著筆，刀，木札，預備抄講義。

老子像一段呆木頭似的坐在中央，沉默了一會，這才咳嗽幾聲，白鬍子裏面的嘴唇在動起來了。大家即刻屏住呼吸，側著耳朵聽。

只聽得他慢慢的說道：

「道可道，非常道；名可名，非常名。無名，天地之始；有名，萬物之母。……」

大家彼此面面相覷，沒有抄。

「故常無欲以觀其妙，」老子接著說，「常有欲以觀其竅。此兩者，同出而異名。同，謂之玄，玄之又玄，眾妙之

門……」

大家顯出苦臉來了，有些人還似乎手足失措。一個籤子手打了一個大呵欠，書記先生竟打起磕睡來，嘩啷一聲，刀，筆，木札，都從手裏落在席子上面了。

老子彷彿並沒有覺得，但彷彿又有些覺得似的，因為他從此講得詳細了一點。然而他沒有牙齒，發音不清，打著陝西腔，夾上湖南音，「哩」「呢」不分，又愛說什麼「唎」：大家還是聽不懂。可是時間加長了，來聽他講學的人，倒格外的受苦。

為面子起見，人們只好熬著，但後來總不免七倒八歪斜，各人想著自己的事，待到講到「聖人之道，為而不爭」，住了口了，還是誰也不動彈。老子等了一會，就加上一句道：

「唎，完了！」

大家這才如大夢初醒，雖然因為坐得太久，兩腿都麻木了，一時站不起身，但心裏又驚又喜，恰如遇到大赦的一樣。

於是老子也被送到廂房裏，請他去休息。他喝過幾口白開水，就毫無動靜的坐著，好像一段呆木頭。

人們卻還在外面紛紛議論。過不多久，就有四個代表進來見老子，大意是說他的話講的太快了，加上國語不大純粹，所以誰也不能筆記。沒有記錄，可惜非常，所以要請他補發些講義。

「來篤話啥西，俺實直頭聽弗懂！」帳房說。

「還是耐自家寫子出來末哉。寫子出來末，總算弗白嚼蛆一場哉。阿是？」書記先生道。

老子也不十分聽得懂，但看見別的兩個把筆，刀，木札，都擺在自己的面前了，就料是一定要他編講義。他知道

這是免不掉的，於是滿口答應；不過今天太晚了，要明天才開手。

代表們認這結果為滿意，退出去了。

第二天早晨，天氣有些陰沉沉，老子覺得心裏不舒適，不過仍須編講義，因為他急於要出關，而出關，卻須把講義交卷。他看一眼面前的一大堆木札，似乎覺得更加不舒適了。

然而他還是不動聲色，靜靜的坐下去，寫起來。回憶著昨天的話，想一想，寫一句。那時眼鏡還沒有發明，他的老花眼睛細得好像一條線，很費力；除去喝白開水和吃餑餑的時間，寫了整整一天半，也不過五千個大字。

「為了出關，我看這也敷衍得過去了。」他想。

於是取了繩子，穿起木札來，計兩串，扶著拄杖，到關尹喜的公事房裏去交稿，並且聲明他立刻要走的意思。

關尹喜非常高興，非常感謝，又非常惋惜，堅留他多住一些時，但看見留不住，便換了一副悲哀的臉相，答應了，命令巡警給青牛加鞍。一面自己親手從架子上挑出一包鹽，一包胡麻，十五個餑餑來，裝在一個充公的白布口袋裏送給老子做路上的糧食。並且聲明：這是因為他是老作家，所以非常優待，假如他年紀青，餑餑就只能有十個了。

老子再三稱謝，收了口袋，和大家走下城樓，到得關口，還要牽著青牛走路；關尹喜竭力勸他上牛，遜讓一番之後，終於也騎上去了。作過別，撥轉牛頭，便向峻阪的大路上慢慢的走去。

不多久，牛就放開了腳步。大家在關口目送著，去了兩三丈遠，還辨得出白髮，黃袍，青牛，白口袋，接著就塵頭逐步而起，罩著人和牛，一律變成灰色，再一會，已只有黃塵滾滾，什麼也看不見了。

大家回到關上，好像卸下了一副擔子，伸一伸腰，又好像得了什麼貨色似的，咂一咂嘴，好些人跟著關尹喜走進公事房裏去。

「這就是稿子？」帳房先生提起一串木札來，翻著，說。

「字倒寫得還乾淨。我看到市上去賣起來，一定會有人要的。」

書記先生也湊上去，看著第一片，念道：「『道可道，非常道』……哼，還是這些老套。真教人聽得頭痛，討厭……」

「醫頭痛最好是打打盹。」帳房放下了木札，說。

「哈哈哈！……我真只好打盹了。老實說，我是猜他要講自己的戀愛故事，這才去聽的。要是早知道他不過這麼胡說八道，我就壓根兒不去坐這麼大半天受罪……」

「這可只能怪您自己看錯了人，」關尹喜笑道。「他那裏會有戀愛故事呢？他壓根兒就沒有過戀愛。」

「您怎麼知道？」書記詫異的問。

「這也只能怪您自己打了磕睡，沒有聽到他說『無為而無不為』。這傢伙真是『心高於天，命薄如紙』，想『無不為』，就只好「無為」。一有所愛，就不能無不愛，那裏還能戀愛，敢戀愛？您看看您自己就是：現在只要看見一個大姑娘，不論好醜，就眼睛甜膩膩的都像是你自己的老婆。將來娶了太太，恐怕就要像我們的帳房先生一樣，規矩一些了。」

窗外起了一陣風，大家都覺得有些冷。

「這老頭子究竟是到那裏去，去幹什麼的？」書記先生趁勢岔開了關尹喜的話。

「自說是上流沙去的，」關尹喜冷冷的說。「看他走得

到。外面不但沒有鹽，麵，連水也難得。肚子餓起來，我看是後來還要回到我們這裏來的。」

「那麼，我們再叫他著書。」帳房先生高興了起來。「不過餑餑真也太費。那時候，我們只要說宗旨已經改為提拔新作家，兩串稿子，給他五個餑餑也足夠了。」

「那可不見得行。要發牢騷，鬧脾氣的。」

「餓過了肚子，還要鬧脾氣？」

「我倒怕這種東西，沒有人要看。」書記搖著手，說。「連五個餑餑的本錢也撈不回。譬如罷，倘使他的話是對的，那麼，我們的頭兒就得放下關官不做，這才是無不做，是一個了不起的大人……」

「那倒不要緊，」帳房先生說，「總有人看的。交卸了的關官和還沒有做關官的隱士，不是多得很嗎？……」

窗外起了一陣風，括上黃塵來，遮得半天暗。這時關尹

喜向門外一看，只見還站著許多巡警和探子，在呆聽他們的閒談。「呆站在這裏幹什麼？」他吆喝道。「黃昏了，不正是私販子爬城偷稅的時候了嗎？巡邏去！」

門外的人們，一溜煙跑下去了。屋裏的人們，也不再說什麼話，帳房和書記都走出去了。關尹喜才用袍袖子把案上的灰塵拂了一拂，提起兩串木札來，放在堆著充公的鹽，胡麻，布，大豆，餑餑等類的架子上。

一九三五年十二月作

名家．解讀

《出關》和《起死》是對老莊思想的嚴格批判。

《出關》中寫出了「無為」的老子的最後結局，《起

死》中畫出了「此一亦是非，彼一亦是非」的莊子的形象；對於老莊之學，魯迅是採取著批判的態度的。魯迅看出，老莊思想在當時的知識份子當中還有著極大的影響。因此，在《出關》中特別諷刺了老子的「柔道」和他的漠視現實，徒托空言的作風。魯迅在《「出關」的「關」》（見《且介亭雜文末編》）這篇雜文中指出：「至於孔老相爭，孔勝老敗，卻是我的意見：老，是尚柔的；『儒者，柔也』，孔也尚柔，但以柔進取，而老卻以柔退走。這關鍵，即在孔子為『知其不可為而為之』的事無大小，均不放鬆的實行者，老則是『無為而無不為』的一事不做，徒作大言的空談家。要無所不為，就只好一無所為，因為一有所為，就有了界限，無能算是『無不為』了。」

因此，老子的結局也就只能是騎青牛，去函谷關，完完全全地離開生活。此外，《出關》中也有對於當時那班洋場

上的市儈文人的鞭撻……

當時那些市儈文人們最擅長的是三角戀家小說，迎合著有閑階級的庸俗趣味，而這些文人們也同樣掛著「進步」的招牌，來騙別人的崇拜，招攬顧客。作品中還畫活了那些藉此發財的「文化商人」的無恥嘴臉……

《出關》和《起死》都通過對於先秦思想家的面影的批判性的繪寫，嘲諷地概括了現實中的幾種知識份子的思想類型。在《出關》中就有走流沙的老子和上朝廷的孔子的兩條截然不同的道路，但同時又寫了老子的「迂」，和孔子因一時不能博取統治者的歡心而產生的「焦燥」。這兩條道路都為當時的革命知識份子所輕蔑和鄙視，老子的「柔弱勝剛強」，「報怨以德」，「不善者吾亦善之」的主張和戰鬥的現實主義者尤其是水火不容的。

——李桑牧《卓越的諷刺文學——〈故事新編〉》

非攻

一

子夏的徒弟公孫高來找墨子，已經好幾回了，總是不在家，見不著。大約是第四或者第五回罷，這才恰巧在門口遇見，因為公孫高剛一到，墨子也適值回家來。他們一同走進屋子裏。

公孫高辭讓了一通之後，眼睛看著席子的破洞，和氣的問道：「先生是主張非戰的？」

「不錯！」墨子說。

「那麼，君子就不鬥麼？」

「是的！」墨子說。

「豬狗尚且要鬥，何況人……」

「唉唉，你們儒者，說話稱著堯舜，做事卻要學豬狗，可憐，可憐！」墨子說著，站了起來，匆匆的跑到廚下去了，一面說：「你不懂我的意思……」

他穿過廚下，到得後門外的井邊，絞著轆轤，汲起半瓶井水來，捧著吸了十多口，於是放下瓦瓶，抹一抹嘴，忽然望著園角上叫了起來道：「阿廉！你怎麼回來了？」

阿廉也已經看見，正在跑過來，一到面前，就規規矩矩的站定，垂著手，叫一聲「先生」，於是略有些氣憤似的接著說：

「我不幹了。他們言行不一致。說定給我一千盆粟米

的，卻只給了我五百盆。我只得走了。」

「如果給你一千多盆，你走麼？」

「不。」阿廉答。

「那麼，就並非因為他們言行不一致，倒是因為少了呀！」

墨子一面說，一面又跑進廚房裏，叫道：

「耕柱子！給我和起玉米粉來！」

耕柱子恰恰從堂屋裏走到，是一個很精神的青年。「先生，是做十多天的乾糧罷？」他問。

「對咧。」墨子說。「公孫高走了罷？」

「走了，」耕柱子笑道。「他很生氣，說我們兼愛無父，像禽獸一樣。」

墨子也笑了一笑。

「先生到楚國去？」

「是的。你也知道了？」墨子讓耕柱子用水和著玉米粉，自己卻取火石和艾絨打了火，點起枯枝來沸水，眼睛看火焰，慢慢的說道：

「我們的老鄉公輸般，他總是倚恃著自己的一點小聰明，興風作浪的。造了鉤拒，教楚王和越人打仗還不夠，這回是又想出了什麼雲梯，要聳恿楚王攻宋去了。宋是小國，怎禁得這麼一攻。我去按他一下罷。」

他看得耕柱子已經把窩窩頭上了蒸籠，便回到自己的房裏，在壁廚裏摸出一把鹽漬藜菜乾，一柄破銅刀，另外找了一張破包袱，等耕柱子端進蒸熟的窩窩頭來，就一起打成一個包裹。衣服卻不打點，也不帶洗臉的手巾，只把皮帶緊了一緊，走到堂下，穿好草鞋，背上包裹，頭也不回的走了。從包裹裏，還一陣一陣的冒著熱蒸氣。

「先生什麼時候回來呢？」耕柱子在後面叫喊道。

「總得二十來天罷，」墨子答著，只是走。

二

墨子走進宋國的國界的時候，草鞋帶已經斷了三四回，覺得腳底上很發熱，停下來一看，鞋底也磨成了大窟窿，腳上有些地方起繭，有些地方起泡了。他毫不在意，仍然走；沿路看看情形，人口倒很不少，然而歷來的水災和兵災的痕跡，卻到處存留，沒有人民的變換得飛快。走了三天，看不見一所大屋，看不見一顆大樹，看不見一個活潑的人，看不見一片肥沃的田地，就這樣的到了都城。

城牆也很破舊，但有幾處添了新石頭；護城溝邊看見爛泥堆，像是有人淘掘過，但只見有幾個閒人坐在溝沿上似乎釣著魚。

「他們大約也聽到消息了，」墨子想。細看那些釣魚人，卻沒有自己的學生在裏面。

他決計穿城而過，於是走近北關，順著中央的一條街，一徑向南走。城裏面也很蕭條，但也很平靜；店鋪都貼著減價的條子，然而並不見買主，可是店裏也並無怎樣的貨色；街道上滿積著又細又粘的黃塵。

「這模樣了，還要來攻它！」墨子想。

他在大街上前行，除看見了貧弱而外，也沒有什麼異樣。楚國要來進攻的消息，是也許已經聽到了的，然而大家被攻得習慣了，自認是活該受攻的了，竟並不覺得特別，況且誰都只剩了一條性命，無衣無食，所以也沒有什麼人想搬家。待到望見南關的城樓了，這才看見街角上聚著十多個人，好像在聽一個人講故事。

當墨子走得臨近時，只見那人的手在空中一揮，大叫

道：「我們給他們看看宋國的民氣！我們都去死！」

墨子知道，這是自己的學生曹公子的聲音。

然而他並不擠進去招呼他，匆匆的出了南關，只趕自己的路。

又走了一天和大半夜，歇下來，在一個農家的檐下睡到黎明，起來仍復走。草鞋已經碎成一片一片，穿不住了，包袱裏還有窩窩頭，不能用，便只好撕下一塊布裳來，包了腳。

不過布片薄，不平的村路梗著他的腳底，走起來就更艱難。到得下午，他坐在一株小小的槐樹下，打開包裹來吃午餐，也算是歇歇腳。遠遠的望見一個大漢，推著很重的小車，向這邊走過來了。到得臨近，那人就歇下車子，走到墨子面前，叫了一聲「先生」，一面撩起衣角來揩臉上的汗，喘著氣。

「這是沙麼？」墨子認識他是自己的學生管黔敖，便問。

「是的，防雲梯的。」

「別的準備怎麼樣？」

「也已經募集了一些麻，灰，鐵。不過難得很：有的不肯，肯的沒有。還是講空話的多……」

「昨天在城裏聽見曹公子在講演，又在玩一股什麼『氣』，嚷什麼『死』了。你去告訴他：不要弄玄虛；死並不壞，也很難，但要死得於民有利！」

「和他很難說，」管黔敖悵悵的答道。「他在這裏做了兩年官，不大願意和我們說話了……」

「禽滑厘呢？」

「他可是很忙。剛剛試驗過連弩；現在恐怕在西關外看地勢，所以遇不著先生。先生是到楚國去找公輸般的罷？」

「不錯，」墨子說，「不過他聽不聽我，還是料不定的。你們仍然準備著，不要只望著口舌的成功。」

管黔敖點點頭，看墨子上了路，目送了一會，便推著小車，吱吱嘎嘎的進城去了。

三

楚國的郢城可是不比宋國：街道寬闊，房屋也整齊，大店鋪裏陳列著許多好東西，雪白的麻布，通紅的辣椒，斑斕的鹿皮，肥大的蓮子。

走路的人，雖然身體比北方短小些，卻都活潑精悍，衣服也很乾淨，墨子在這裏一比，舊衣破裳，布包著兩隻腳，真好像一個老牌的乞丐了。

再向中央走是一大塊廣場，擺著許多攤子，擁擠著許多人，這是鬧市，也是十字路交叉之處。墨子便找著一個好像士人的老頭子，打聽公輸般的寓所，可惜言語不通，纏不明白，正在手掌心上寫字給他看，只聽得轟的一聲，大家都唱了起來，原來是有名的賽湘靈已經開始在唱她的《下里巴人》，所以引得全國中許多人，同聲應和了。不一會，連那老士人也在嘴裏發出哼哼聲，墨子知道他決不會再來看他手心上的字，便只寫了半個「公」字，拔步再往遠處跑。然而到處都在唱，無隙可乘，許多工夫，大約是那邊已經唱完了，這才逐漸顯得安靜。他找到一家木匠店，去探問公輸般的住址。

「那位山東老，造鉤拒的公輸先生麼？」店主是一個黃臉黑鬚的胖子，果然很知道。「並不遠。你回轉去，走過十字街，從右手第二條小道上朝東向南，再往北轉角，第三家就是他。」

非攻

墨子在手心上寫著字，請他看了有無聽錯之後，這才牢牢的記在心裏，謝過主人，邁開大步，徑奔他所指點的處所。果然也不錯的：第三家的大門上，釘著一塊雕鏤極工的楠木牌，上刻六個大篆道：「魯國公輸般寓」。

墨子拍著紅銅的獸環，當當的敲了幾下，不料開門出來的卻是一個橫眉怒目的門丁。他一看見，便大聲的喝道：

「先生不見客！你們同鄉來告幫的太多了！」

墨子剛看了他一眼，他已經關了門，再敲時，就什麼聲息也沒有。然而這目光的一射，卻使那門丁安靜不下來，他總覺得有些不舒服，只得進去稟他的主人。公輸般正捏著曲尺，在量雲梯的模型。

「先生，又有一個你的同鄉來告幫了……這人可是有些古怪……」門丁輕輕的說。

「他姓什麼？」

「那可還沒有問……」門丁惶恐著。

「什麼樣子的？」

「像一個乞丐。三十來歲。高個子，烏黑的臉……」

「阿呀！那一定是墨翟了！」

公輸般吃了一驚，大叫起來，放下雲梯的模型和曲尺，跑到階下去。門丁也吃了一驚，趕緊跑在他前面，開了門。墨子和公輸般，便在院子裏見了面。

「果然是你。」公輸般高興的說，一面讓他進到堂屋去。

「你一向好麼？還是忙？」

「是的。總是這樣……」

「可是先生這麼遠來，有什麼見教呢？」

「北方有人侮辱了我，」墨子很沉靜的說。「想托你去殺掉他……」

公輸般不高興了。

「我送你十塊錢！」墨子又接著說。

這一句話，主人可真是忍不住發怒了；他沉了臉，冷冷的回答道：「我是義不殺人的！」

「那好極了！」墨子很感動的直起身來，拜了兩拜，又很沉靜的說道：「可是我有幾句話。我在北方，聽說你造了雲梯，要去攻宋。宋有什麼罪過呢？楚國有餘的是地，缺少的是民。殺缺少的來爭有餘的，不能說是智；宋沒有罪，卻要攻他，不能說是仁；知道著，卻不爭，不能說是忠；爭了，而不得，不能說是強；義不殺少，然而殺多，不能說是知類。先生以為怎樣？……」

「那是……」公輸般想著，「先生說得很對的。」

「那麼，不可以歇手了麼？」

「這可不成，」公輸般悵悵的說。「我已經對王說過了。」

「那麼，帶我見王去就是。」

「好的。不過時候不早了，還是吃了飯去罷。」

然而墨子不肯聽，欠著身子，總想站起來，他是向來坐不住的。

公輸般知道拗不過，便答應立刻引他去見王；一面到自己的房裏，拿出一套衣裳和鞋子來，誠懇的說道：「不過這要請先生換一下。因為這裏是和俺家鄉不同，什麼都講闊綽的。還是換一換便當……」

「可以可以，」墨子也誠懇的說。「我其實也並非愛穿破衣服的……只因為實在沒有工夫換……」

四

楚王早知道墨翟是北方的聖賢，一經公輸般紹介，立刻接見了，用不著費力。

墨子穿著太短的衣裳，高腳鷺鷥似的，跟公輸般走到便殿裏，向楚王行過禮，從從容容的開口道：

「現在有一個人，不要轎車，卻想偷鄰家的破車子；不要錦繡，卻想偷鄰家的短氈襖；不要米肉，卻想偷鄰家的糠屑飯：這是怎樣的人呢？」

「那一定是生了偷摸病了。」楚王率直的說。

「楚的地面，」墨子道，「方五千里，宋的卻只方五百里，這就像轎車的和破車子；楚有雲夢，滿是犀兕麋鹿，江漢裏的魚鱉黿鼉之多，那裏都賽不過，宋卻是所謂連雉兔鯽魚也沒有的，這就像米肉的和糠屑飯；楚有長松、文梓、楠木、豫章，宋卻沒有大樹，這就像錦繡的和短氈襖。所以據臣看來，王吏的攻宋，和這是同類的。」

「確也不錯！」楚王點頭說。

「不過公輸般已經給我在造雲梯，總得去攻的了。」

「不過成敗也還是說不定的。」墨子道。「只要有木片，現在就可以試一試。」

楚王是一位愛好新奇的王，非常高興，便教侍臣趕快去拿木片來。墨子卻解下自己的皮帶，彎作弧形，向著公輸子，算是城；把幾十片木片分作兩份，一份留下，一份交與公輸子，便是攻和守的器具。

於是他們倆各各拿著木片，像下棋一般，開始鬥起來了，攻的木片一進，守的就一架，這邊一退，那邊就一招。不過楚王和侍臣，卻一點也看不懂。

只見這樣的一進一退，一共有九回，大約是攻守各換了九種的花樣。這之後，公輸般歇手了。墨子就把皮帶的弧形改向了自己，好像這回是由他來進攻。也還是一進一退的支

架著，然而到第三回，墨子的木片就進了皮帶的弧線裏面了。

楚王和侍臣雖然莫明其妙，但看見公輸般首先放下木片，臉上露出掃興的神色，就知道他攻守兩面，全都失敗了。

楚王也覺得有些掃興。

「我知道怎麼贏你的，」停了一會，公輸般訕訕的說。「但是我不說。」

「我也知道你怎麼贏我的，」墨子卻鎮靜的說。「但是我不說。」

「你們說的是些什麼呀？」楚王驚訝著問道。

「公輸子的意思，」墨子旋轉身去，回答道，「不過想殺掉我，以為殺掉我，宋就沒有人守，可以攻了。然而我的學生禽滑厘等三百人，已經拿了我的守禦的器械，在宋城上，等候著楚國來的敵人。就是殺掉我，也還是攻不下的！」

「真好法子！」楚王感動的說。「那麼，我也就不去攻宋罷。」

五

墨子說停了攻宋之後，原想即刻回往魯國的，但因為應該換還公輸般借他的衣裳，就只好再到他的寓裏去。時候已是下午，主客都很覺得肚子餓，主人自然堅留他吃午飯——或者已經是夜飯，還勸他宿一宵。

「走是總得今天就走的，」墨子說。「明年再來，拿我的書來請楚王看一看。」

「你還不是講些行義麼？」公輸般道。「勞形苦心，扶危濟急，是賤人的東西，大人們不取的。他可是君王呀，老鄉！」

「那倒也不。絲麻米穀，都是賤人做出來的東西，大人們就都要。何況行義呢。」

「那可也是的，」公輸般高興的說。「我沒有見你的時候，想取宋；一見你，即使白送我宋國，如果不義，我也不要了……」

「那可是我真送了你宋國了。」墨子也高興的說。「你如果一味行義，我還要送你天下哩！」

當主客談笑之間，午餐也擺好了，有魚，有肉，有酒。墨子不喝酒，也不吃魚，只吃了一點肉。公輸般獨自喝著酒，看見客人不大動刀匕，過意不去，只好勸他吃辣椒：「請呀請呀！」他指著辣椒醬和大餅，懇切的說，「你嘗嘗，這還不壞。大蔥可不及我們那裏的肥……」

公輸般喝過幾杯酒，更加高興了起來。

「我舟戰有鉤拒，你的義也有鉤拒麼？」他問道。

「我這義的鉤拒，比你那舟戰的鉤拒好。」墨子堅決的回答說。「我用愛來鉤，用恭來拒。不用愛鉤，是不相親的，不用恭拒，是要油滑的，不相親而又油滑，馬上就離散。所以互相愛，互相恭，就等於互相利。

現在你用鉤去鉤人，人也用鉤來鉤你，你用拒去拒人，人也用拒來拒你，互相鉤，互相拒，也就等於互相害了。所以我這義的鉤拒，比你那舟戰的鉤拒好。」

「但是，老鄉，你一行義，可真幾乎把我的飯碗敲碎了！」公輸般碰了一個釘子之後，改口說，但也大約很有了一些酒意：他其實是不會喝酒的。

「但也比敲碎宋國的所有飯碗好。」

「可是我以後只好做玩具了。老鄉，你等一等，我請你

看一點玩意兒。」

他說著就跳起來，跑進後房去，好像是在翻箱子。不一會，又出來了，手裏拿著一隻木頭和竹片做成的喜鵲，交給墨子，口裏說道：「只要一開，可以飛三天。這倒還可以說是極巧的。」

「可是還不及木匠的做車輪，」墨子看了一看，就放在席子上，說。「他削三寸的木頭，就可以載重五十石。有利於人的，就是巧，就是好，不利於人的，就是拙，也就是壞的。」

「哦，我忘記了，」公輸般又碰了一個釘子，這才醒過來。「早該知道這正是你的話。」

「所以你還是一味的行義，」墨子看著他的眼睛，誠懇的說，「不但巧，連天下也是你的了。真是打擾了你大半天。我們明年再見罷。」

墨子說著，便取了小包裹，向主人告辭；公輸般知道他是留不住的，只得放他走。送他出了大門之後，回進屋裏來，想了一想，便將雲梯的模型和木鵲，都塞在後房的箱子裏。

墨子在歸途上，是走得較慢了，一則力乏，二則腳痛，三則乾糧已經吃完，難免覺得肚子餓，四則事情已經辦妥，不像來時的匆忙。然而比來時更晦氣：一進宋國界，就被搜檢了兩回；走近都城，又遇到募捐救國隊，募去了破包袱；到得南關外，又遭著大雨，到城門下想避避雨，被兩個執戈的巡兵趕開了，淋得一身濕，從此鼻子塞了十多天。

一九三四年八月作

名家・解讀

他寫墨子，不是宣傳墨家的兼愛思想，而是由「阻楚伐宋」這一側面來寫墨子的反對侵略。當然，「非攻」的思想基礎是與兼愛分不開的；但在「阻楚伐宋」這件事上，「兼相愛，交相利」已成為國與國之間關係的基礎，而不是一般的哲學原則了。由他所選擇的這一側面出發，通過許多細節，他著意渲染了墨子的平凡……

小說開頭兩節寫了墨子對子夏弟子公孫高和民氣論者曹公子的蔑視的態度，後正面展開了對侵略者楚王及其幫兇公輸般的鬥爭。他早已安排好自己的弟子管黔敖禽滑厘等在宋國做了抵抗的準備，對侵略者並不抱幻想；並且叮囑說：「你們仍然準備著，不要只望著口舌的成功。」因此他與公輸般鬥爭既是智慧的較量，也是力量的鬥爭。他從容沉靜、不卑不亢、義正詞嚴、鋒利敏捷，在對壘中鮮明地顯示了他的勇敢機智的特點。墨子有真理，有群眾，有膽量，有智慧；他的以於人民有利為標準的真理觀顯示了與實際生產活動有聯繫的古代思想家的特色。這個形象是鮮明的和豐滿的。在論戰的層次上也深具匠心，表現了墨子與公輸般即是政敵，又是同鄉的特殊關係。在墨子的對比下，楚王的昏庸和公輸般的狡黠就很明顯了。

這些情節都有文獻的根據，只是曹公子雖也有記載說他是墨子的弟子，但這一個形象卻全是魯迅的創造。他是在宋國作了兩年官之後才變了那樣的。他那誇張地「手在空中一揮」，叫嚷「我們都去死」的表演，在精神上是三〇年代民族主義文學家的叫嚷「準備著我們的頭顱去給敵人砍掉」十分相像的，墨子說：「不要弄玄虛，死並不壞，也很難，但要死得於民有利。」顯示了墨子反對空談，重視實踐的思想

特色。和墨子的性格特徵相適應，《非攻》採取簡潔的敘述式寫法，故事情節如流水般地緩緩展開，表現了一種單純樸實的風格。

——王瑤《魯迅〈故事新編〉散論》

起死

一大片荒地。處處有些土崗，最高的不過六七尺。沒有樹木。遍地都是雜亂的蓬草；草間有一條人馬踏成的路徑。離路不遠，有一個水溜。遠處望見房屋。

莊子——（黑瘦面皮，花白的絡腮鬍子，道冠，布袍，拿著馬鞭，上。）出門沒有水喝，一下子就覺得口渴。口渴可不是玩意兒呀，真不如化為蝴蝶。可是這裏也沒有花兒呀，……哦！海子在這裏了，運氣，運氣！（他跑到水溜旁

邊，撥開浮萍，用手掬起水來，喝了十幾口。）唔，好了。慢慢的上路。（走著，向四處看，）阿呀！一個髑髏。這是怎的？（用馬鞭在蓬草間撥了一撥，敲著，說：）

您是貪生怕死，倒行逆施，成了這樣的呢？（橐橐。）還是失掉地盤，吃著板刀，成了這樣的呢？（橐橐。）還是鬧得一榻糊塗，對不起父母妻子，成了這樣的呢？（橐橐。）您不知道自殺是弱者的行為嗎？（橐橐橐！）還是您沒有飯吃，沒有衣穿，成了這樣的呢？（橐橐。）還是年紀老了，活該死掉，成了這樣的呢？（橐橐。）還是……唉，這倒是我糊塗，好像在做戲了。那裏會回答。好在離楚國已經不遠，用不著忙，還是請司命大神復他的形，生他的肉，和他談談閑天，再給他重回家鄉，骨肉團聚罷。（放下馬鞭，朝著東方，拱兩手向天，提高了喉嚨，大叫起來：）

至心朝禮，司命大天尊！……

（一陣陰風，許多蓬頭的，禿頭的，瘦的，胖的，男的，女的，老的，少的鬼魂出現。）

鬼魂——莊周，你這糊塗蟲！花白了鬍子，還是想不通。死了沒有四季，也沒有主人公。天地就是春秋，做皇帝也沒有這麼輕鬆。

還是莫管閒事罷，快到楚國去幹你自家的運動。……

莊子——你們才是糊塗鬼，死了也還是想不通。要知道活就是死，死就是活呀，奴才也就是主人公。我是達性命之源的，可不受你們小鬼的運動。

鬼魂——那麼，就給你當場出醜……

莊子——楚王的聖旨在我頭上，更不怕你們小鬼的起哄！（又拱兩手向天，提高了喉嚨，大叫起來：）

至心朝禮，司命大天尊！

天地玄黃，宇宙洪荒。日月盈昃，辰宿列張。趙錢孫

李，周吳鄭王。馮秦褚衛，姜沈韓楊。

太上老君急急如律令！敕！敕！敕！

（一陣清風，司命大神道冠布袍，黑瘦面皮，花白的絡腮鬍子，手執馬鞭，在東方的朦朧中出現。鬼魂全都隱去。）

司命——莊周，你找我，又要鬧什麼玩意兒了？喝夠了水，不安分起來了嗎？

莊子——臣是見楚王去的，路經此地，看見一個空髑髏，卻還存著頭樣子。該有父母妻子的罷，死在這裏了，真是嗚呼哀哉，可憐得很。所以懇請大神復他的形，還他的肉，給他活轉來，好回家鄉去。

司命——哈哈！這也不是真心話，你是肚子還沒飽就找閒事做。認真不像認真，玩耍又不像玩耍。還是走你的路罷，不要和我來打岔。要知道「死生有命」，我也礙難隨便

安排。

莊子——大神錯矣。其實那裏有什麼死生。我莊周曾經做夢變了蝴蝶，是一隻飄飄蕩蕩的蝴蝶，醒來成了莊周，是一個忙忙碌碌的莊周。究竟是莊周做夢變了蝴蝶呢，還是蝴蝶做夢變了莊周呢，可是到現在還沒有弄明白。這樣看來，又安知道這髑髏不是現在正活著，所謂活了轉來之後，倒是死掉了呢？請大神隨隨便便，通融一點罷。做人要圓滑，做神也不必迂腐的。

司命——（微笑，）你也還是能說不能行，是人而非神……那麼，也好，給你試試罷。

（司命用馬鞭向蓬中一指。同時消失了。所指的地方，發出一道火光，跳起一個漢子來。）

漢子——（大約三十歲左右，體格高大，紫色臉，像是鄉下人，全身赤條條的一絲不掛。用拳頭揉了一通眼睛之

後，定一定神，看見了莊子，）噲？

莊子——噲？（微笑著走近去，看定他，）你是怎麼的？

漢子——唉唉，睡著了。你是怎麼的？（向兩邊看，叫了起來，）阿呀，我的包裹和傘子呢？（向自己的身上看，）阿呀呀，我的衣服呢？（蹲了下去。）

莊子——你靜一靜，不要著慌罷。你是剛剛活過來的。你的東西，我看是早已爛掉，或者給人拾去了。

漢子——你說什麼？

莊子——我且問你：你姓甚名誰，那裏人？

漢子——我是楊家莊的楊大呀。學名叫必恭。

莊子——那麼，你到這裏是來幹什麼的呢？

漢子——探親去的呀，不提防在這裏睡著了。（著急起來，）我的衣服呢？我的包裹和傘子呢？

莊子——你靜一靜，不要著慌罷——我且問你：你是什麼時候的人？

漢子——（詫異，）什麼？……什麼叫作「什麼時候的人」？……我的衣服呢？……

莊子——嘖嘖，你這人真是糊塗得要死的角兒——專管自己的衣服，真是一個澈底的利己主義者。你這「人」尚且沒有弄明白，那裏談得到你的衣服呢？所以我首先要問你：你是什麼時候的人？唉唉，你不懂。……那麼，（想了一想，）我且問你：你先前活著的時候，村子裏出了什麼故事？

漢子——故事嗎？有的。昨天，阿二嫂就和七太婆吵嘴。

莊子——還欠大！

漢子——還欠大？……那麼，楊小三旌表了孝子……

莊子——旌表了孝子，確也是一件大事情……不過還是很難查考……（想了一想，）再沒有什麼更大的事情，使大家因此鬧了起來的了嗎？

漢子——鬧了起來？……（想著，）哦，有有！那還是三四個月前頭，因為孩子們的魂靈，要攝去墊鹿台腳了，真嚇得大家雞飛狗走，趕忙做起符袋來，給孩子們帶上……

莊子——（出驚，）鹿台？什麼時候的鹿台？

漢子——就是三四個月前頭動工的鹿台。

莊子——那麼，你是紂王的時候死的？這真了不得，你已經死了五百多年了。

漢子——（有點發怒，）先生，我和你還是初會，不要開玩笑罷。我不過在這兒睡了一忽，什麼死了五百多年。我是有正經事，探親去的。快還我的衣服，包裹和傘子。我沒有陪你玩笑的工夫。

莊子——慢慢的，慢慢的，且讓我來研究一下。你是怎麼睡著的呀？

漢子——怎麼睡著的嗎？（想著，）我早上走到這地方，好像頭頂上轟的一聲，眼前一黑，就睡著了。

莊子——疼嗎？

漢子——好像沒有疼。

莊子——哦……（想了一想，）哦……我明白了。一定是你在商朝的紂王的時候，獨個兒走到這地方，卻遇著了斷路強盜，從背後給你一悶棍，把你打死，什麼都搶走了。現在我們是周朝，已經隔了五百多年，還那裏去尋衣服。你懂了沒有？

漢子——（瞪了眼睛，看著莊子，）我一點也不懂。先生，你還是不要胡鬧，還我衣服，包裹和傘子罷。我是有正經事，探親去的，沒有陪你玩笑的工夫！

莊子——你這人真是不明道理……

漢子——誰不明道理？我不見了東西，當場捉住了你，不問你要，問誰要？（站起來。）

莊子——（著急，）你再聽我講：你原是一個髑髏，是我看得可憐，請司命大神給你活轉來的。你想想看：你死了這許多年，那裏還有衣服呢！我現在並不要你的謝禮，你且坐下，和我講講紂王那時候……

漢子——胡說！這話，就是三歲小孩子也不會相信的。我可是三十三歲了！（走開來，）你……

莊子——我可真有這本領。你該知道漆園的莊周的罷。

漢子——我不知道。就是你真有這本領，又值什麼鳥？你把我弄得精赤條條的，活轉來又有什麼用？叫我怎麼去探親？包裹也沒有了……（有些要哭，跑開來拉住了莊子的袖子，）我不相信你的胡說。這裏只有你，我當然問你要！我

扭你見保甲去！

莊子——慢慢的，慢慢的，我的衣服舊了，很脆，拉不得。你且聽我幾句話：你先不要專想衣服罷，衣服是可有可無的，也許是有衣服對，也許是沒有衣服對。鳥有羽，獸有毛，然而王瓜茄子赤條條。此所謂「彼亦一是非，此亦一是非」，你固然不能說沒有衣服對，然而你又怎麼能說有衣服對呢？……

漢子——（發怒，）放你媽的屁！不還我的東西，我先揍死你！（一手捏了拳頭，舉起來，一手去揪莊子。）

莊子——（窘急，招架著，）你敢動粗！放手！要不然，我就請司命大神來還你一個死！

漢子——（冷笑著退開，）好，你還我一個死罷。要不然，我就要你還我的衣服，傘子和包裹，裏面是五十二個圜錢，斤半白糖，二斤南棗……

莊子——（嚴正地，）你不反悔？

漢子——小舅子才反悔！

莊子——（決絕地，）那就是了。既然這麼糊塗，還是送你還原罷。

（轉臉朝著東方，拱兩手向天，提高了喉嚨，大叫起來：）

至心朝禮，司命大天尊！

天地玄黃，宇宙洪荒。日月盈昃，辰宿列張。

趙錢孫李，周吳鄭王。馮秦褚衛，姜沈韓楊。

太上老君急急如律令！敕！敕！敕！

（毫無影響，好一會。）

天地玄黃！

太上老君！敕！敕！敕！……敕！

（毫無影響，好一會。）

（莊子向周圍四顧，慢慢的垂下手來。）

漢子——死了沒有呀？

莊子——（頹唐地，）不知怎的，這回可不靈……

漢子——（撲上前，）那麼，不要再胡說了。賠我的衣服！

莊子——（退後，）你敢動手？這不懂哲理的野蠻！

漢子——（揪住他，）你這賊骨頭！你這強盜軍師！我先剝你的道袍，拿你的馬，賠我……（莊子一面支撐著，一面趕緊從道袍的袖子裏摸出警笛來，狂吹了三聲。漢子愕然，放慢了動作。不多久，從遠處跑來一個巡士。）

巡士——（且跑且喊，）帶住他！不要放！（他跑近來，是一個魯國大漢，身材高大，制服制帽，手執警棍，面赤無鬚。）帶住他！這舅子！……

漢子——（又揪緊了莊子，）帶住他！這舅子！……

（巡士跑到，抓住莊子的衣領，一手舉起警棍來。漢子放手，微彎了身子，兩手掩著小肚。）

莊子——（托住警棍，歪著頭，）這算什麼？

巡士——這算什麼？哼！你自己還不明白？

莊子——（憤怒，）怎麼叫了你來，你倒來抓我？

巡士——什麼？

莊子——我吹了警笛……

巡士——你搶了人家的衣服，還自己吹警笛，這昏蛋！

莊子——我是過路的，見他死在這裏，救了他，他倒纏住我，說我拿了他的東西了。你看看我的樣子，可是搶人東西的？

巡士——（收回警棍，）「知人知面不知心」，誰知道。到局裏去罷。

莊子——那可不成。我得趕路，見楚王去。

巡士——（吃驚，鬆手，細看了莊子的臉，）那麼，您是漆……

莊子——（高興起來，）不錯！我正是漆園吏莊周。您怎麼知道的？

巡士——咱們的局長這幾天就常常提起您老，說您老要上楚國發財去了，也許從這裏經過的。敝局長也是一位隱士，帶便兼辦一點差使，很愛讀您老的文章，讀《齊物論》，什麼「方生方死，方死方生，方可方不可，方不可方可」，真寫得有勁，真是上流的文章，真好！您老還是到敝局裏去歇歇罷。

（漢子吃驚，退進蓬草叢中，蹲下去。）

莊子——今天已經不早，我要趕路，不能耽擱了。還是回來的時候，再去拜訪貴局長罷。

（莊子且說且走，爬在馬上，正想加鞭，那漢子突然跳出草叢，跑上去拉住了馬嚼子。巡士也追上去，拉住漢子的臂膊。）

莊子——你還纏什麼？

漢子——你走了，我什麼也沒有，叫我怎麼辦？（看著巡士，）您瞧，巡士先生……

巡士——（搔著耳朵背後，）這模樣，可真難辦……但是，先生……我看起來，（看著莊子，）還是您老富裕一點，賞他一件衣服，給他遮遮羞……

莊子——那自然可以的，衣服本來並非我有。不過我這回要去見楚王，不穿袍子，不行，脫了小衫，光穿一件袍子，也不行……

巡士——對啦，這實在少不得。（向漢子，）放手！

漢子——我要去探親……

巡士——胡說！再麻煩，看我帶你到局裏去！（舉起警棍，）滾開！

（漢子退走，巡士追著，一直到亂蓬裏。）

莊子——再見再見。

巡士——再見再見。您老走好哪！

（莊子在馬上打了一鞭，走動了。巡士反背著手，看他漸跑漸遠，沒入塵頭中，這才慢慢的回轉身，向原來的路上踱去。）

（漢子突然從草叢中跳出來，拉住巡士的衣角。）

巡士——幹嗎？

漢子——我怎麼辦呢？

巡士——這我怎麼知道。

漢子——我要去探親……

巡士——你探去就是了。

漢子——我沒有衣服呀。

巡士——沒有衣服就不能探親嗎？

漢子——你放走了他。現在你又想溜走了，我只好找你想法子。不問你，問誰呢？你瞧，這叫我怎麼活下去！

巡士——可是我告訴你：自殺是弱者的行為呀！

漢子——那麼，你給我想法子！

巡士——（擺脫著衣角，）我沒有法子想！

漢子——（縋住巡士的袖子，）那麼，你帶我到局裏去！

巡士——（擺脫著袖子，）這怎麼成。赤條條的，街上怎麼走。放手！

漢子——那麼，你借我一條褲子！

巡士——我只有這一條褲子，借給了你，自己不成樣子了。（竭力的擺脫著，）不要胡鬧！放手！

漢子——（揪住巡士的頸子，）我一定要跟你去！

巡士——（窘急，）不成！

漢子——那麼，我不放你走！

巡士——你要怎麼樣呢？

漢子——我要你帶我到局裏去！

巡士——這真是……帶你去做什麼用呢？不要搗亂了。放手！要不然……（竭力的掙扎。）

漢子——（揪得更緊，）要不然，我不能探親，也不能做人了。二斤南棗，斤半白糖……你放走了他，我和你拚命……

巡士——（掙扎著，）不要搗亂了！放手！要不然……要不然……（說著，一面摸出警笛，狂吹起來。）

一九三五年十二月作

名家·解讀

在《起死》中作者借著莊子的自述，對那些自命超現實、超利害的「第三種人」作了尖銳的譏刺。

「大神錯矣。其實哪裡有什麼死生。我莊周曾經做夢變了蝴蝶，是一隻飄飄蕩蕩的蝴蝶，醒來成了莊周，是一個忙忙碌碌的莊周，究竟是莊周做夢變了蝴蝶呢，還是蝴蝶做夢變了莊周呢，可是到現在還沒有弄明白。這樣看來，又安知道這髑髏不是現在正活著，所謂活了轉來之後，倒是死掉了呢？請大神隨隨便便，通融一點罷，做人要圓滑，做神也不必迂腐的。」……

「你先不要專想衣服罷，衣服是可有可無的，也許是有衣服對，也許是沒有衣服對。鳥有羽，獸有毛、然而王瓜茄子赤條條。此所謂『彼一亦是非，此亦一是非』，你固然不

能說沒有衣服對，然而你又怎麼能說有衣服對呢？」

莊子的本意也是教人忘卻相對的是非得失，從他看來，一切的是非得失如果和他所想像的「道」——萬匯的本體比較起來，其一切差別和界限都可消泯，因為他覺得萬匯是同出一源的。因此，這裏就不但批判了莊子，同時在當時那些通融圓滑、隨隨便便、自命「超然」的「第三種人」看來，現有的社會剝削制度就是他們所認為永恆不變的規律，因此他們以為生活中的一切是非善惡都是沒有的，不平和抱怨是奴隸的罪過。魯迅尖銳地指出過這種掛著「孔子的門頭招牌」的卻是莊子的「私淑子弟」們，只有他們才陰險地主張「是非不分」，「生活要混沌」（見《南腔北調集》）。連一切經不起現實的嚴重考驗而倒退墮落的知識份子也都成了麻木，圓滑，隨和，不分是非善惡的「無是非觀者」。

——李桑牧《卓越的諷刺文學——故事新編》

名家論魯迅小說

至於這五年以來白話文學的成績，因為時間過近，我們不便一一的下評判。……但成績最大的卻是一位託名「魯迅」的。他的短篇小說，從四年前的《狂人日記》到最近的《阿Q正傳》雖然不多，差不多沒有不好的。

——胡適《五十年來之中國文學》（一九二四年）

《吶喊》是最近數年來中國文壇上少見之作，那樣的譏

誚而沉摯，那樣的描寫深刻，似乎一個字一個字都是用刀刻在木上的。中國的諷刺作品，自古就沒有，所謂《何典》不過是陳腐的傳奇，穿上了鬼之衣而已，《捉鬼傳》較好，卻也不深刻，《儒林外史》更不是一部諷刺的書，《官場現形記》之流卻是破口大罵了；求有蘊蓄之情趣的作品，幾乎不見一部。自魯迅先生出來後，才第一次用他的筆鋒去寫幾篇「自古未有」的諷刺小說。那是一個新闢的天地，那是他獨自創出的國土，如果他的作品並不是什麼不朽的作品，那麼，他的這一方面的成績，至少是不朽的。

——鄭振鐸（論）《吶喊》（一九二六年）

阿Q這人是中國一切的「譜」——新名詞稱作「傳統」——的結晶，沒有自己的意志而以社會的因襲的慣例為其意志的人，所以在現社會裏是不存在而又到處存在的。沈雁冰先生在《小說月報》上說：「阿Q這人要在現社會中去實指出來是辦不到的；但是我讀這篇小說的時候，總覺得阿Q這人很是面熟，是呵，他是中國人品性的結晶呀！」

這話說的很對。果戈理的小說《死魂靈》裏的主人公契契珂夫也是如此，我們不能尋到一個旅行著收買死農奴的契契珂夫，但在種種投機的實業中間可以見到契契珂夫的影子，如克魯泡特金所說。不過其間有這一點差別：契契珂夫是「一個不朽的萬國的類型」，阿Q卻是一個民族的類型。他像神話裏的「眾賜」（Pandora）一樣，承受了惡夢似的四千年來的經驗所造成的一切「譜」上的規則，包含對於生命幸福名譽道德各種意見，提煉精粹，凝為個體，所以實在是一幅中國人品性的「混合照相」，其中寫中國人的缺乏求生意志，不知尊重生命，尤為痛切，因為我相信這是中國人

的最大病根。

總之，這篇的藝術無論如何幼稚，但著者肯那樣老實不客氣的表示他的憎惡，一方面對於中國社會也不失為一副苦藥，我想他的存在也不是無意義的。只是著者本意似乎想把阿Q痛罵一頓，做到臨了卻覺得在未莊裏阿Q卻是惟一可愛的人物，比別人還要正直些，所以終於被「正法」了；正如托爾斯泰批評契訶夫所說，他想撞倒阿Q，將注意力集中於他，卻反倒將他扶起了。這或者可以說是著者的失敗的地方。至於或者以為諷刺過分，「有傷真實」，我並不覺得如此，因為世界往往「事實奇於小說」，就是在我的灰色的故鄉裏，我也親眼見到這一類角色的活模型，其中還有一個縮小的真的可愛的阿貴，雖然他至今還是健在。

——周作人（論）《阿Q正傳》（一九二三年）

魯迅創作的小說藝術，特色雖多，最明顯的僅有三點：第一是用筆的深刻冷雋，第二是句法的簡潔峭拔，第三是體裁的新穎獨到。

有人說魯迅是曾經學過醫的，洞悉解剖的原理，所以常將這技術應用到文學上來。不過他解剖的對象不是人類的肉體，而是人類的心靈。他不管我們多麼痛楚，如何想躲閃，只冷靜地以一個熟練的手勢舉起他那把鋒利無比的解剖刀，對準我們靈魂深處的創痕，掩藏最力的弱點，直刺進去，掏出血淋淋的病的癥結，擺在顯微鏡下讓大眾觀察。他最恨的是那些以道學先生自命的人，所以他描寫腦筋簡單的鄉下人用筆每比較寬恕，一到寫到《阿Q正傳》裏的趙太爺，《祝福》裏的魯四爺，《高老夫子》裏的高爾礎，便針針見血，絲毫不肯容情了。……

魯迅從不肯將自己所要說的話，明明白白的說出來，只

教你自己去想，想不透就怪你們自己太淺薄，他不負責。他文字的異常冷雋，他文字的富於幽默，好像堅果似的愈咀嚼愈有回味，都非尋常作家所能及。

魯迅作品用字造句都經過千錘百煉，故有簡潔短峭的優點。……他文字的簡潔真個做到了「增之一分則太長，減之一分則太短，施粉則太白，施朱則太赤」的地步。

——蘇雪林《〈阿Q正傳〉及魯迅作的藝術》（一九三四年）

所謂劣根性，阿Q的習慣：第一是精神勝利法。……其次是色情狂相。照阿Q看來，凡尼姑一定和和尚私通；一個女人在外面走，一定想引誘野男人；一男一女在那裏講話，一定要有勾當了。其實因為他自己曾在人叢中擰過一個女人的大腿，原是猜己度人的，這種心理自然也很要不得。

第三，是畏強凌弱。阿Q給趙太爺打了嘴巴固然不敢回手，給秀才用竹杠敲了，也只是順受。可是見了小尼姑，就要隨便動手，碰著小D，也就開口罵「畜生」！

第四，愛裝虛架子。小D雖然一向軟弱，阿Q餓瘦了，實在也並不比他強，相互拔了一陣辮子，明明是無力取勝，走開了，阿Q還要回轉頭去裝腔作勢的說：「記著罷，媽媽的……」

第五，注重無關緊要的小事情，譬如因為把未莊叫做長凳的叫做條凳，阿Q就很鄙薄，城裏人把蔥葉切得細碎些，也就認為大問題。

第六，奴隸性重。因為審判阿Q的人怒目而視，以為這人一定有些來歷，膝關節立刻自然而然寬鬆，便跪下去了。

阿Q之所以為阿Q，原是因為環境惡劣，沒有受過正當教育。作者用意所在，與其說是攻擊阿Q，不如說是暴露環境的缺點。所以我們怕得自己做阿Q，也不願意別人像阿Q，在自勵勵人以外，更須注意環境的改良。

——許欽文《漫話阿Q》（一九四七年）

魯迅描寫我們民族性的偉大，可以代表我們民族文化的結晶，在《故事新編》中，便有好幾篇，如《鑄劍》，取材於古小說《列異傳》……

從這短短的幾行文字，魯迅演出了一大篇虎擲龍拿，有聲有色，最富於復仇戰鬥精神的小說，使人們讀了，看到英姿活躍，恍如親接其人。

又如《理水》、《非攻》，魯迅在描寫大禹、墨子偉大的精神的時候，不知不覺地有他自己的面影和性格反映於其

中。……魯迅生平真真是一個埋頭苦幹、拼命硬幹的人，不愧為中國的脊樑！

——許壽裳《我所認識的魯迅》（一九四五年）

魯迅先生最能抓住人物獨具的特點，從衣著、神態、行動、性格上下筆，幾筆便能出神入化，描寫出各不相同的形象。魯迅先生尤其能以人物的個性語言，刻畫人物的個性；孔乙己的「竊書不能算偷」和「多乎哉，不多也」，九斤老太的「一代不為一代」，閏土的那一聲「老爺……」，阿Q的「兒子打老子」，趙七爺的「你能抵擋他麼？」，莊愛姑的開口閉口「小畜生」，都使人物的性格活靈活現，躍然紙上。同時，魯迅先生還善於精選和使用生動活潑的農民口語，吸收和運用富有生命力的古典文學的語言。魯迅先生通過人物在行動中的動態描寫，把形形色色的人物描寫得栩栩如生；他的小說的敘事語言都極為動態，為刻畫人物增色，使情節引人入勝。

魯迅先生的小說的對話少而精，句式短而精，這是由於他精通中國語言，對古典文學具有博大精深的造詣。魯迅先生在他的小說中每寫一個場景，都是一個畫面，人物活動中情景交融中，給人以立體感。因此，魯迅先生雖然是在小說創作中吸收外國文學中某些形式和手法的第一人，卻又是最全面的繼承和發展了中國古典小說的民族風格。

——劉紹棠《向魯迅學寫小說》（一九八四年）

魯迅本人是知識份子。在魯迅作品中，知識份子是一個突出主題。這仍然是中國近代民主革命的深刻反映。從戊戌經辛亥到「五四」，從「五四」經大革命到三〇年代，知識

份子是中國革命的先鋒和橋樑，同時又具有各種嚴重的毛病和缺點。他們的命運、道路和前途，他們的成長、變遷和分化，成為魯迅所十分關心的問題，這個問題在魯迅思想發展中佔有重要地位。它與農民問題，成為魯迅作品的兩大基本主題。這也正是近代中國兩大歷史課題。

魯迅思想的發展與這個問題密切相關，也可以說，魯迅在這個問題上的思想發展是其整個思想發展中的重要組成部分。魯迅對知識份子寄予很大的同情和希望，同時又給以無情的鞭撻和揭露。革命的、灰色的、反動的、先革命而後反動的、吃人的、被人吃的……各種各樣知識份子的形象，活靈活現地出現在魯迅筆下，形形色色，蔚為大觀。

《懷舊》、《孔乙己》無論矣，他們是被《四書》《五經》吃空了靈魂的末代封建知識份子的下層，那種迂臭、愚昧、空虛、受欺侮迫害然而仍不掩其善良的犧牲品，魯迅是

用一種嘲諷而又同情的眼光，看著他們的滅亡的。與此相映對，是魯迅對曾參加或企望過革命的同輩和下輩知識份子的深切同情。從瑜兒、呂緯甫、魏連殳到涓生、子君，他們的道路和命運，便是魯迅的親身經歷和見聞。在寂無迴響有如荒漠的莽原中，這些曾經滿懷豪情鬧過革命的知識份子，有的爬上去了，本身變成了反動派或反動派的幫兇。但更多的革命知識份子，特別像范愛農那些下層的，卻終於連整個身心都被黑暗吞噬掉，完全消失和被人遺忘了。不但范愛農沒人知道或無人問及，連當年轟轟烈烈的「鑒湖女俠」，也荒墳冷落，不再為人所記憶和提及了，他們雖不過一兩個例子，其實代表著整個一代。

「五四」運動過後，魯迅又經歷了這樣一次「有的高升，有的退隱，有的前進」的分化。不論是當年曾悲歌慷慨為推翻滿清建立民國而流血奮鬥過的一代，也不論是當年曾

振臂高呼為打倒孔家店而雄談闊論的一代，都逐漸渺無聲息，總之是被那巨大深重的舊黑暗勢力吃掉或「同化」掉，於是自己也就成了黑暗的一部分，呂緯甫、魏連殳……等形象是有深刻典型意義的。就是「前進」的，究竟能「進」到哪裡，魯迅也頗有開疑。死者已矣，生者何如？曙光在何處？路在哪裡？「新的戰友在哪裡？」魯迅看到一代又一代作為所謂先鋒的革命知識份子這種末路和命運，有著巨大的憤慨和悲傷。

魯迅是不朽的，只有他，自覺地意識和預見到這個有重大歷史深度的中國知識份子的道路和性格問題，並指出他們有一個繼續戰鬥和自我啟蒙的雙重任務，它與中國革命的過去、現在和未來息息相關。

——李澤厚《略論魯迅思想的發展》

個性的壓抑導致社會的停滯，個性的全面發展有利於社會的創造性蓬勃興起。在我對這篇小說（指作者一九八〇年發表的短篇小說《夏》——編者）的主題進行反覆思索、斟酌、提煉的時候，我不止一次地想到過魯迅先生的《傷逝》。早在二〇年代，魯迅先生就擯棄了脫離現實鬥爭的「個性主義」，他尖銳而深刻地指出：在不從根本上改變整個封建制度的情況下，個人的抗爭是軟弱而無力的，子君和涓生的悲劇正是那樣一個時代的小知識份子的悲劇。在我對人生的探索中，這種從魯迅先生作品中受到的反對「個性主義」的思想影響，很早就潛存於我的意識中，一直到後來的《愛的權力》、《夏》、《淡淡的晨霧》、《北極光》，我始終強調並呼籲人們為創造一種有利於人的個性全面發展的社會條件而努力，從而真正實現「每個人的自由發展是一切

人自由發展的條件」的合理的社會形態。

——張抗抗《心靈的哺育者——魯迅》（一九八四年）

國家圖書館出版品預行編目資料

故事新編：魯迅／著，初版，新北市，
新視野 New Vision，2023.08
面；　公分 --
ISBN 978-626-97314-7-3（平裝）

857.63　　112008200

故事新編
魯迅　著
方志野　主編

出　　版　新視野 New Vision
製　　作　新潮社文化事業有限公司
製 作 人　林郁
電話 02-8666-5711
傳真 02-8666-5833
E-mail：service@xcsbook.com.tw

總 經 銷　聯合發行股份有限公司
新北市新店區寶橋路 235 巷 6 弄 6 號 2F
電話 02-2917-8022
傳真 02-2915-6275

印前作業　東豪印刷事業有限公司
印刷作業　福霖印刷有限公司

初　　版　2023 年 8 月